Die Geistervilla

AF288564

Fritz Fenzl

DIE GEISTERVILLA

Roman

Impressum

Bibliografische Informationen der Deutschen Nationalbibliothek
Die Deutsche Nationalbibliothek verzeichnet diese Publikation in der
Deutschen Nationalbibliografie; detaillierte bibliografische Daten sind im
Internet über
http://dnb.d-nb.de abrufbar.

ISBN: 978-3-95894-272-1 (Print)

Licht sieht man nicht.
Wenn es aber auf ein Objekt trifft,
dann bringt es dieses zum Leuchten.

VORSPIEL:

EIN FREMDER AM SEE

Es war einer jener Tage, da die Menschen lieber zu Hause bleiben, Tee trinken, die Zimmertemperatur prüfen und irgendwann sagen: „Es wird frischer. Der Sommer ist wohl vorüber." Die Wellen des Starnberger Sees schwappten seit Tagen mit größerem Willen gegen die Holzbohlen der Stege und Uferbefestigungen. Unfreundlicher Ostwind trieb Blätter uralter Buchen quer über den Weg. Eine wunderbare Zeit hub an, da die Natur sich selber zu gehören und zu behaupten beginnt. Nur ab und zu störte ein Radfahrer mit grellem Helm und verzerrten Gesichtszügen den Frieden des Seins.

Der Endsechziger stand vor mir am Zaun eines Ufergrundstücks und schien mit der Natur, dem Wind, der Zeit eins. Er blickte versonnen über das Wasser, und man sah, dass er in der Lage war, in solchen Augenblicken an nichts zu denken, sondern nur zu sein. Unvermittelt sagte er:

„Okkultisten werden nur von Okkultisten erkannt."

Er sprach ruhig vor sich hin, mit ungewöhnlich tiefer Stimme. Er formte die Sätze in Richtung See, aber ich wusste, dass er mich damit meinte. Trotz dieser überraschenden Worte blickte er weiter über die gräulichen Wasser mit der hellen Dünung, sah mit ebenso grauen Augen genau nach Westen.

„Wie meinen Sie das?"

„Ich kann Ihre Gedanken, Ihr Fühlen und Ihre Absicht erkennen", meinte er tonlos.

„Hm?"

„Sie interessieren sich für den Geister-Maler Gabriel von Max, richtig?"

„Oh ja", gab ich zu, „deshalb bin ich hier, gleich vorne muss seine verfallene Villa sein."

„Sie stehen unmittelbar davor."

Ich drehte mich um.

Die gesuchte Ruine der ehemaligen Max-Villa. Geborstene Holzstützen eines Balkons, abgeblätterter Lack auf modrigem Holz, blinde und geborstene Scheiben, feucht bemooste Dachziegel, Verfall überall. Mir war nicht bewusst, dass ich mein Ziel schon erreicht hatte.

Der Fremde hatte sich mir halb zugewandt:

„Ich dachte mir, dass Sie heute hier auftauchen", meinte er dann.

Zuerst wollte ich ihn fragen, woher er das wusste. Doch ich schwieg.

Die Loge im Geiste", stellte er entschieden fest. Es funktioniert immer noch, genauso wie damals. Ein Geheimbund, den es längst nicht mehr gibt, der aber funktioniert und das Leben aller beeinflusst und sogar manipuliert. Eigentlich mehr denn je."

Und er wiederholte lächelnd:

„Die Loge funktioniert mehr denn je."

Unvermittelt wandte er sein Gesicht zu mir. Ein feiner Herr, sicher Akademiker alter Schule: Spitzbart, korrekter Anzug klassischen Zuschnitts, kluge und beobachtende Augen. Woher kannte ich diese Züge?

Wieder las er meine Gedanken:

„Kennen Sie das Bild *Der Anatom* des Geistermalers Gabriel von Max?

„Oh ja", sagte ich.

„Wollen Sie eine Geschichte hören? Sie sind doch auf der Suche?"

„Gewiss", entfuhr es mir.

Er lud mich in eine Gründerzeitvilla mit Erkertürmchen nicht weit von der Ruine der Max-Villa. Rundbogenfenster hin zum See; teilweise farbig verglast mit sprechender Logensymbolik; viel teurer Stoff für kardinalrote Decken, Lampen, Bezüge, ein offener Kamin mit gemauertem Sims, in dem aber kein Feuer brannte. Die herrlichen Bilder an den Wänden! Jeder Kunsthändler und Auktionator hätte viel dafür gegeben, diese weltberühmten Symbolisten auf den Markt zu bringen. Ein der Kunstwelt unbekanntes Gemälde des Franz von Stuck hing mittig an der Wand:

„Die Geburt der Gedanken."

Wieder las er meine Gedanken:

„Unverkäuflich, Familienbesitz. Denken Sie nicht einmal daran."

Natürlich nicht zu haben, auch nicht für Geld. Ich schluckte.

Was ich dann hörte, war ungeheuerlich. Mehrere Tage und Abende berichtete die geistähnliche Gestalt, die aus einer dunklen Vergangenheit der Zeit und der Epoche vor 1900 auferstanden schien. Manchmal übermannte sie ein sanfter Schlummer, ich ließ sie dann ruhen und betrachtete die herrlichen Gemälde an der Wand. Ich sagte und fragte nichts, das Gehörte ließ mich wortlos werden.

Für Monate fehlten mir nach dieser Begegnung zwischen Traum und Wirklichkeit tatsächlich die Worte. Kann so etwas wahr sein?

Später habe ich versucht, das alles getreulich wiederzugeben.

1.

Erlaubt ist es sicher nicht. Aber die Neugierde siegte. Der junge Mann wollte, nach dem Spiegel-Artikel über den jämmerlichen Zustand der Max-Villa, sehen, was „innen" los ist.

„Das ist Einbruch!" Seine Freundin Lydia sprach die Worte mit großem Ernst.

„Ach was."

„Doch! Auch dann ist es verboten, wenn das Anwesen leer steht und keiner da ist ", merkte Lydia an.

Sie hatte den pinkfarbenen Regenschirm aufgespannt unter dem sie nun in dem

einsetzenden Nieselregen, mitten auf der Seeleiten stehend, recht verloren wirkte. Ein Bild für Maler.

Malerisch, im Sinne gewesener Schauerromantik, war das Anwesen, vor dem die beiden jungen Leute hier staunend verharrten. Hinter einer hohen und leidlich geschnittenen Hecke drohte die heruntergekommene Ruine eines Anwesens, dem man trotz des elenden Zustandes die ehemalige Noblesse ansah. Doch all das war lange vorbei. Taube Fensterhöhlen mit blindem oder zerborstenem Glas verwandelten das modrige Holz der Mauervertäfelung, die gebrochenen und gesplitterten Balken eines Balkons, das Moos an den Außenwänden zum Schreckensbild. All dies, zusammen mit den hohlen gebrochenen Fensteraugen, ließ den verlassenen Ruinenbau wie ein mahnendes Totengesicht erscheinen.

„Ich muss das alles von innen sehen."

Gabriel sah man die Entschlossenheit an, hier bewusst und mit der Kraft des Willens Grenzen zu überschreiten. Er sah sich nochmal um und sog die Seeluft in die Lungen.

„Egal", sagte er zu sich selber, „es ist eh keiner da."

„Mach, was du willst. Aber lass mich raus."

„Nicht heute, aber möglichst bald", insistierte Gabriel in sein eigenes Wollen. Denn es naht der Stichtag."

„Welcher?"

Der Regen wurde jetzt stärker.

Eine Zeit lang standen beide noch unter dem Regenschirm. Und die Zeit stand einen Moment still. Das war und ist ein Phänomen an diesem verwunschen Ort. Die Zeit verhält sich anders als anderswo. Die beiden befanden sich in einer Bannmeile und wussten es nicht. Die Frau allerdings spürte eine drohende und unsichtbare Gefahr.

Dann beschloss der junge Mann:

„Es sind keine Spaziergänger da, nicht mal Einheimische. Das ist die Gelegenheit! Was du heute kannst besorgen ...!"

„Bist du wahnsinnig?"

Doch er war schon unterwegs.

2

„Energie bleibt an dem Ort, an dem sie erschaffen wurde! Egal, wieviel Zeit darüber vergeht. Hier haben wir es mit Schwarz-Magiern zu tun. Mehr noch: wohl mit den besten, die das neunzehnte Jahrhundert hervorgebracht hat!"

Die kleine Menschenansammlung sah auf den ersten Blick aus wie eine der zahllosen Wandergruppen, die aus Pflanzenkennern und emsigen Kräuterkundlern besteht. Vielleicht auch handelte es sich um interessierte Laien, die an Erdgeschichte – in dem Falle das Werden der Würmeiszeit – lebendiges Interesse zeigen? Eine regionale Volkshochschule? Solide Outdoor-Kleidung wies darauf hin, dass man nicht zum ersten Mal unterwegs war.

Dass es sich um Wissende im höchsten Grade handelte, zumeist um Eingeweihte und Kenner komplexer unaussprechlicher Traditionen und Riten, um diskrete Mitglieder einer schwarzen Loge, die seit über einhundert Jahren Maler, Schriftsteller, Okkultisten und verbohrte Darwinisten an diesen Abschnitt des Starnberger-See-Ostufers herlockte, und immer noch herlockt, das konnte kein außenstehender Beobachter ahnen.

Die Gruppe stand schweigend fasziniert um eine mit den Jahren verfallene Holzhütte. Das

alles geschah auf einer Wiese südlich des kelti-
schen Krafthügels von Holzhausen. Hier wurde
vor Jahren vom Orkan Wiebke die legendäre
tausendjährige Linde gefällt, auf malerischem
Hügel thront die auf ein Wunder zurückgehende
Kirche St Johannes. Weithin sichtbar gebietet der
wuchtig-herrische Turm übers schönste Oberbayern. Und zu Füßen der stämmigen Gottesburg
schmiegt sich der Friedhof mit seltsam saugender,
Lebenskraft wegnehmender Energie rund um das
weiße Gemäuer. Mit Namen auf schwarzen Me-
tallkreuzen, die selbst einen Kenner der dunklen
Szene erschauern lassen.

„Sie müssen sich vorstellen", begann der Wort-
führer, „dass genau hier, eben genau an der Stelle,
auf der diese hölzerne windschiefe Bruchbude
verfällt, damals ein Holzschuppen stand, der
wesentlich gepflegter war."

Der Mann, der dies sagte, putzte sich umständ-
lich die Brille.

„War das wirklich hier?"

„Ja, genau da, wo Sie stehen. Sie alle sind fühlig
genug, um die damals evozierten Energien auch
noch heute zu erkennen."

Alle in der Runde nickten. Tatsächlich war
in dem Kreis von Eingeweihten keiner, der nicht
gewusst hätte, was damals geschah. Nicht nur

Séancen, auch Opfer von Lebenden. Was heute noch geschieht, nur eben in anderer, nämlich in verfeinerter und perfektionierter Form.

Der Vortragende, Professor Dr. Ziegenbarth, im bürgerlichen Beruf Chefarzt und Leiter eines renommierten Krankenhauses in der Landeshauptstadt, fuhr fort:

„Es lebt sogar noch ein hochbetagter Maler und Restaurator, der das Innere der nur äußerlich unscheinbaren Hütte, diese war damals ein Logentempel, mit den entsprechenden Fratzen und Dämonen ausgemalt hat. Die dargestellten Ungeister entsprechen genau der Rangfolge einer ewig unverrückbaren Hierarchie."

Er machte dann eine sprechende Pause:

„Allerdings keiner himmlischen Rangordnung!" Das Wort Hölle dachte er nur. Ewige Verdammnis. Dann schwieg er beredt. Aber hier in der verschwiegenen Runde konnte jeder Gedanken lesen.

So harmlos die Gruppe für Außenstehende wirken mochte, es handelte sich um keine harmlosen Männer, ganz im Gegenteil. Hier stand der harte Kern der denkbar gefährlichsten Geheimloge, die das Land und die Welt mit schwarzem Wollen überzogen hat.

„FOGC-Loge, 99er-Loge, Drittes Reich, Ahnenerbe, Germanenorden, Schwarze Sonne", so ging ringsum ein Murmeln.

„Ja, vieles ist ja inzwischen zumindest im kleinen Kreise bekannt und durch Indiskretion durchgedrungen", schloss Dr. Ziegenbarth.

Und leiser, obwohl sonst niemand auf der Wiese stand, fuhr er fort: „Wenige aber wissen dies: Die Sache ist gegenwärtig aktueller denn je. *Geister, einmal gerufen*, die wird keiner mehr los. Wie bei Goethes Zauberlehrling!"

„Genau. Diese Geister bleiben für immer. Man spricht zurecht vom 1000-jährigen Reich."

Kein Laut in der Runde.

Die Blätter der hohen Eichen bisperten leise und verschwörerisch, eine Krähe krächzte und erinnerte die anwesenden Wissenden, dass die Zeit erfüllt ist. Ziegenbarth flüsterte fast: „Nichts hat sich geändert, nur die Form ist anders, vielleicht eleganter, wesentlich feiner."

„Die Form? Vielleicht sind die Formen durchsichtig? Und vielleicht sind diese Formen zu sehen für jene, die sehen können?"

„Durchaus. Séancen sind heute nicht mehr Höhepunkte offizieller Gesellschaften der bürgerlich gewachsenen Oberschicht. Wie überhaupt das Wissen um Kraftplätze und Geomantie, auch um das Völkische, auf den ersten Blick verloren gegangen sind."

„Ja, alles ist heute diskreter, indirekter", murmelte einer in der Gruppe. Der wohlsituierte Herr war als Kunstsammler bekannt.

Da er auch als Zyniker galt, bemerkte er:

„Alles ist demokratischer. Dem Volk und der Masse zugänglicher. Aber nur auf den ersten Blick. Oder sagen wir: neoliberaler."

Und er dachte dabei: Geändert hat sich gar nichts. Aber das Schweigen der Wissenden! Ein Gruppenschweigen der Machtelite hat zugenommen, zugunsten des Schwafelns über Belangloses und über belanglose Nebenschauplätze. Und Nebenschauplätze gab es genug: Umweltbewusstsein, Pseudopluralität, aufgesetzte Humanität, noch schnelleres Internet, Dauererreichbarkeit. In letzter Zeit sogar die Art der Heizung."

Die Masse der Menschen blieb genügend beschäftigt.

Ziegenbarth las die Gedanken des jüngeren Mannes und grinste.

Er fügte dann hinzu:

„Wir begeben uns nun zur verfallenen Villa eines der federführenden Okkultisten dieser Zeit, die nun wieder aktiv wird. Der berühmte und berüchtigte Affenmaler Gabriel von Max.

3

Es war trotz des Alters der Ruine nichts anderes als Einbruch. Gabriel fand überraschend schnell einen Weg in das Innere der verfallenen Max-Villa. Rechts um das Anwesen herum, dann das Grundstück ein wenig nach oben, zur Rechten sah er die stets vorbildlich gepflegte Schrenck-Notzing-Villa, jetzt wieder links durch die hohe Hecke, der brüchige Maschendrahtzaun bedeutete kein echtes Hindernis. Durch ein kaputtes Fenster huschte er hinein ins dunkelschattige Zwischenreich. Alarmanlagen und Bewegungsmelder waren hier nicht zu erwarten!

Innen das trostlose Nichts. Schimmel, Feuchtigkeit, Fäulnis, abgestandene Luft, Moder einer jahrelang unbewegten Luft, und dennoch unangenehme Zugluft. Über ihm die Spuren einer ehemals gewaltsam entfernten Kassettendecke.

Gabriel war von Natur aus forsch, frech und neugierig. Extrem neugierig sogar. Die Sucht, Neues zu erfahren, hatte ihm bisher eher geschadet als genutzt. Nervenkitzel bedeutete ihm Stimulans, Leben.

Hier aber hingen tote und ungesagte Worte in der Luft, so wie geistiger Moder, Unausgesprochenes und Unaussprechliches zwischen Materie und Geist. Und dann dieses seltsame Locken, ein mentales Saugen gar. Es war so, als ob der Verstand hier anderen Mächten gehorchte. Gehorchen musste!

Er hab einige Bodensparren nach oben und erstarrte.

Er hatte viel erwartet, aber nicht das.

Da lag, tot und nicht tot zugleich, ein schwarz gekleideter Bartträger. Der wirkte wie ein seriöser Wissenschaftler des vergangenen Jahrhunderts. Das war kein Geringerer als der Anatom aus dem Gemälde des Gabriel von Max. Das alles wusste der junge Eindringling nicht. Er sah nur den Körper, das unbewegte intelligente Gesicht. Und dann der Nachtfalter! Unerwarteter Lichteinfall hatte ihn erweckt. Jetzt bewegte das Insekt sich auf das weiße Gesicht des Untoten zu.

Woher kam er nur, der übergroße Nachtfalter, der, plötzlich aus langem Schlaf erwacht, mit wütendem Brummen den Kopf des frechen Störenfriedes umkreiste?

4

Nicht allzu weit von dem Geschehen entfernt blieben zwei Spaziergänger, die von Ammerland aus die Seeleiten gen Süden unterwegs waren, verwundert stehen. Zur Rechten der wohltuende, heilende Blick über den ruhig daliegenden See und die für nur diesen Fleck der Erde typischen Wolkenformen. Links aber, nicht minder staunenswert, weite und sichtbar gepflegte Grundstücke, hinter denen die östlichen Moränenhügel sich dunkel laubbewaldet nach oben zogen. Die Anwesen zwischen See und Hügel zeigten sich gärtnergepflegt, ganz in dem Stil des Wir-können-nen-uns-leisten-was-wir-Wollen. Man sah diesen Grundstücken und Prachtvillen an, dass sie nicht mit Geld allein käuflich und erreichbar waren. Man musste einem inneren Kreis angehören.

Ererbt, erarbeitet, erheiratet, Geldwäsche? Hier fragte keiner. Die überraschend geschmackvolle Ästhetik des Habens, ohne kalkulieren und finanzieren zu müssen.

Dann aber, zwischen den stilvollen Seevillen, dieser extreme optische Kontrapunkt: Hinter hoher Hecke, die den Großteil des schlimmen Anblickes verbergen soll, eine so jämmerlich zusammengefallene Bruchbude. Zersprungene

Fenster, ein seit Jahren eingestürzter Balkonträgerbalken, dessen gespreißelte, längst angefaulte Enden mahnend in die Luft ragen.

Ein magischer Kontrapunkt zur Umgebung.

Abgebrochene, seit Jahren angefaulte Holzträgerelemente, die ehemals weiße Lackfarbe der vordem repräsentativen Villa von Wind und Wetter abgeblättert. Grünes Moos auf den brüchigen Dachschindeln, die längst der Feuchtigkeit nicht mehr Einhalt gebieten können. Wuchernde Natur hat längst von dem Anwesen Besitz ergriffen. Dazu schief verkantete kaputte Rollläden, Grünzeug, das ungehindert ins Innere hineinwächst. Die Mattheit, Fensterscheiben, die ewig nicht mehr gepflegt wurden. Und dazu diese so seltsam bannende, zugleich anziehende und abstoßende Ortsenergie.

„Gehen wir weiter", sagt die junge Frau zu ihrem Begleiter, „ich fühle mich hier beobachtet und bedroht."

„Von wem?"

„Weiß nicht."

„Schau!", meinte die gute Beobachterin dann mit plötzlich erwachtem Interesse.

„Was?"

„Das da sieht aus wie ein Einbruch!"

„Wie kommst du denn auf so etwas. Die Bruchbude, da gibt's schon lange nichts mehr zu holen.

Von einer Villa mit Wertgegenständen im Innern ist nicht mehr viel übrig."

„Wer weiß."

Ihre Intuition täuschte sie nicht. Die Frau spürte nicht nur, dass hier in der Ruine unerlaubtes Betreten im Sinne eines gewaltsamen Aktes geschehen war, sie ahnte etwas undefinierbar Böses. Entschlossen nötigte sie ihren Begleiter zum Fortgehen. Der ließ es widerstandslos geschehen. Er gab sich zwar ironisch-überlegen und gegenüber der Dame verständnislos. Aber auch er war froh, wegzukommen. Der Ort, an dem sie eben noch verweilten, blieb grauenhaft und lockend zugleich.

5

Sie hatten schon richtig gesehen und geurteilt. Dies hier war ein Einbruch. Unerlaubtes Eindringen in ein fremdes Grundstück, in ein Haus sogar. Aber in eine leerstehende Ex-Villa, eine Ruine. In der es nichts zu holen gab?

Nachdem Gabriel sich bei seiner eindringenden Untat vom ersten Schreck erholt hatte, blieb sein Blick gebannt auf das geheftet, was er da sah. Ein Mensch, tot und lebendig zugleich, ein Professorentyp mit eckig vorspringender Nase, die aus dem hageren weißen Gesicht ragte wie eine Felsklippe. Eine Adlernase, die bestimmt nicht erst im Tod diese markante Spitze erlangt hatte.

Der Tote faszinierte! Obwohl totenruhig daliegend, übte er körperliche und seelische Macht aus. Er ruhte mit einer gelassenen Vornehmheit, die zeitgebundenen Lebendigen fremd ist. Dabei zeigte er nicht die geringsten Verwesungsspuren. Seine Kleidung ließ auf eine gewesene obere Bürgerschicht schließen und ebenso auf einen vergangenen Zeitraum von gut einhundert Jahren!

Gabriel verharrte in einer Mischung aus Schreck, erfüllter Neugierde und unerklärlichem Fremdbestimmtsein. Eine Willensstarre, die ihn nun nicht mehr loslassen sollte.

Gleichzeitig fühlte er, dass hier Kräfte an ihm sogen und zerrten, die seine ungewollte Passivität bewirkten. Wohl wollte er fliehen, gehen, agieren, sich hinwegbegeben, was auch immer. Aber er konnte nicht oder wollte nicht. Wie in einem Traum, in dem man fliehen will, aber, zu keiner eigenen Initiative oder keiner Fluchtbewegung fähig, ausharren muss.

Und so war es auch. *Er hatte die Bannmeile durchschritten.* Okkulte Kräfte wirken auch besonders dann, wenn man nicht um sie weiß.

Nach unbestimmter Zeit aber kehrte Leben und einordnender Verstand in ihn zurück. Er entschloss sich zu gehen. Das fiel ihm seltsam schwer, er nahm aber die dicht beschriebene Skizze mit, die zu Füßen des Toten lag. Neben säuberlich poliertem Anatomiebesteck, das überraschend neu und gebrauchsfertig wirkte.

Das Blatt mit der Skizze zeigte Erstaunliches. Gezeichnet war auf dem tadellos erhaltenen Blatt genau die Person, die da mit weißem Gesicht und spitzer Nase vor ihm lag. Das Skizzenpapier war unterschrieben mit „Paracelsus“.

Und nun machte Gabriel einen verheerenden und die Welt der Okkultisten erschütternden Fehler, dessen Folgen er nicht absehen konnte.

Er steckte das Blatt, dessen Besitz ihm nicht zustand, in seine Tasche.

6

„Ich habe da so eine Ahnung!"

Ein alltäglicher Ausspruch, zumeist einfach dahingesagt. Nicht bei Dr. Ziegenbarth. Wenn der *„eine Ahnung"* hatte, dann war dies eine Mischung aus geschliffener Intelligenz, hoher Intuition, einem Sich-Einstellen auf die Schwingung des zu Ahnenden, aus solidem Grundwissen der Magie, vor allem Telepathie.

Und Wissen. Nicht aber das Wissen, wie es in Schulen abgefragt wird, wie es die wahre Lehre der Universitäten verstopft und eben allgemein als Bildung gilt. Auch kein geheimes Logenwissen. Das wirkliche Wissen ist niemals und nirgendwo weitergebbar. Weder heimlich noch offen.

Alles, was irgendwo fixiert ist, schriftlich, sogar mündlich, auch verschlüsselt und durch dunkle Mythen verdeckt: Es ist niemals *das* Geheimnis.

Geheimnisse sind lesbar, für die Sehenden. Und eine Gruppe kann nie auf lange Zeit hin ein Geheimnis wahren, auch kein noch so hermetisch verschlossener Geheimbund ist zu solchem in der Lage.

Dies nämlich bleibt unbekanntes Wissen der wirklich Eingeweihten und Wissenden. Es gibt keine Organisation, die eine Gruppe der Wissenden einheitlich zusammenfasst. Denn all diese Bünde und Geheimbünde spielen mit der Macht. Sie spielen nicht nur, sie gieren danach. Macht aber löst unweigerlich Konkurrenzdenken aus. Die Angst der Machtelite, auch andere könnten Macht gewinnen, mehr Macht als die eigene. So entsteht statt Weltherrschaft Weltkonkurrenz. Letztlich Machtverlust.

Wirkliches Wissen ist nur durch Gedanken und durch Telepathie überliefert. Diejenigen, die tatsächlich wissen und reif sind, sie werden durch innere gedankliche Verbundenheit und eine für Außenstehende unbegreifliche telepathische Beziehung zusammengehalten. Eher müsse man sagen: zusammengefesselt. Wirkliche Magier und Mächtige verständigen sich ohne besonderen Kraftaufwand und ohne technische Hilfsmittel. So sind und bleiben sie niemals abhörbar.

Am wenigsten durch Apparate, welcher Art auch immer. Auch modernste Technik bleibt hier hilflos. Denn: Die Schwingung, die Logenbrüder im Geiste miteinander verbindet, ist nicht zu orten, nicht einmal zu ahnen.

„Meine Ahnung sagt, die Zeit drängt", fuhr er fort. *„Der Meister ist entdeckt, und das Geheimnis der Unsterblichkeit darf niemals in falsche Hände geraten!"*

„Vielleicht war es damals am Ende des neun-
zehnten Jahrhunderts die falsche Eingebung, ihr
Doppel dort zur vorläufigen Ruhe zu betten?"

Dies wagte ein junger Restaurator einzuwen-
den.

Ziegenbarth antwortete entschlossen.

„Niemals. Es gab und gibt nur diesen Ort. Die
Max-Villa."

7

Anatol Frischmuth, Dr. Phil.

Einer der Wissenden, die durch telepathische Verbindung mit der Gruppe der Magier um Professor Ziegenbarth in Verbindung standen. Der Endfünfziger war ein öffentlich angesehener Mann mit profunden Fachkenntnissen der Philosophie und der Kunstgeschichte, hierbei besonders des Symbolismus.

Anatol Frischmuth hatte in Kunstgeschichte promoviert. *Motive des Symbolismus und ihre Wirkung auf andere Kunstgattungen.* Seit einem knappen Jahr bekleidete er das Amt des zuständigen Leiters der Gemäldesammlungen in München. Und er machte seine Sache gut. Vielleicht zu gut. Bald hatte er durch Ideen, Ausstellungen und profunde Katalogpublikationen weltweit Achtung erlangt. Das allerdings geriet ihm als Beschäftigter der Stadt München nicht immer nur zum Vorteil.

Und er musste sich, wie viele Könner und Idealisten, mit trivialen Problemen herumschlagen. Die Neue Pinakothek wurde nun für Jahre geschlossen, die entscheidenden Bilder der Öffentlichkeit vorenthalten. Sanierung, so lautete der vorgeschobene Grund für die Presse. Er allein wusste mehr über die wahren Hintergründe.

Frischmuth, Kenner, Ästhet und Zyniker zugleich. War er doch durch sein Wissen und seine unglaubliche Intuition selbst den titeltragenden Akademikern und Würdenträgern der 99er-Loge überlegen. Er konnte in Bildern denken und sah weit hinein in die Zukunft. Das alles bemerkte er wohl, gab sich aber harmlos.

Der Mann mit den Koboldaugen konnte vor seiner Berufung an die Pinakothek einen spektakulären Werdegang vorlegen. Auktionator, Restaurator, Kurator. Warum er die diversen gut dotierten Stellungen der Vergangenheit wieder aufgegeben hatte oder aufgeben musste, konnte keiner in seinem Umfeld beantworten. Groß, stattlich und schlank, trug er stets diesen demonstrativ wissenden Blick durch die randlosen Brillengläser wie einen Schutzschild. Er beobachtete scharf wie ein Falke, er sah alles, leicht ironisierend von oben herab, was ihm Respekt, besser noch: respektable Distanz verschaffte. Dr. Frischmuth hielt sich, was alles Persönliche betraf, auffallend bedeckt.

Nicht umsonst hörte er gerne *Lohengrin*, überhaupt, Richard Wagner war ihm wie offenbarte Religion, wenn nicht mehr, Wagner mit seinen seelengreifenden Leitmotiven war ihm Wahrheit und Programm. Und er schätzte die mahnenden Zeilen des Schwanenritters, weil diese absolute Diskretion einforderten!

„Nie sollst du mich befragen,
noch Wissens Sorge tragen,
woher ich kam der Fahrt,
noch wie mein Nam' und Art."

Er stand, wie so oft, vor dem opulenten Bild *Der Anatom* im Saal mit den Symbolisten und der dem Maler Gabriel von Max gewidmeten Wand. Und er hielt, Zufall oder nicht, die Hand ebenso versonnen am Kinn wie der Dargestellte auf dem Bild.

„Manchmal glaube ich, der Nachtfalter zu Füßen der dargestellten Toten lebt und fängt im nächsten Moment an, nach vorne zu krabbeln." Kaum hatte er das gedacht, bewegte der Falter sich, unmerklich, aber er bewegte sich!

Das Bild sprach, eine Art Murmeln für das innere Ohr; doch die fein verschlüsselte Sprache musste man kennen. Im Hintergrund des schönen Frauenkörpers, dem immer noch der Reiz des Lebendigen anhaftete, auf einem Arbeitstisch des Anatomen, im Halbdunkel geborgen, zwei Schädel. Einer davon halb Affe, halb Mensch.

Dr. Frischmuth dachte an alte Schwarz-Weiß-Fotos, auf denen Gabriel von Max' ausladende naturwissenschaftliche Sammlung dokumentiert war. Sogar diese alten Abbildungen zeugten von einer Besessenheit, einem fast wahnhaften Verfolgen von etwas Unaussprechlichem.

Ja, von was?

Dem wahnhaften Ansinnen, man könne durch Sammeln, Beobachten und Auswerten wissend werden. Dem Wahn fast aller Wissenschaftler, man wäre irgendwie in der Lage, der Schöpfung und damit dem Mysterium des Lebens und Werdens auf die Spur kommen.

Jede geistige Brücke dazu war recht, wirklich jede! Naturwissenschaften, aber auch Magie, Anthroposophie, dazu Charles Darwin, Bio-Rassismus, Elitedenken, natürliche Auslese, Survival oft the Fittest.

Und, letztlich nur folgerichtig, *der Pakt mit Dämonen.*

Fittest. Was ist damit gemeint? Wer ist der vom Leben Auserwählte? Nicht immer nur der Stärkere. Zumeist auch der Klügere! Der Angepasste? Vielleicht vor allen anderen der Gerissenste!

Obwohl Ziegenbarth auf das Gemälde starrte, waren der innere Blick und das innere Sehen ganz woanders. Ziegenbarth traf die Erkenntnis wie ein Blitz:

„Der Maler Gabriel von Max hatte das Missing Link!"

Und dann die Erkenntnis:

„Der unverstandene Trick der Schöpfung!"

Er räusperte sich vor Aufregung: *Tod ist nicht gleich Tod.*

In dem Moment begann der Falter auf dem Gemälde deutlich nach vorne zu kriechen.

8

Man hatte von der Holzhütte bei Holzhausen, die dereinst Ort eines Ritualtempels war, nun genug gesehen. Nun ging es auf angenehm waldigen Pfaden hinunter zum See und Richtung Ammerland. Nach etwa einer Stunde Gehzeit hatte die Wandergruppe der Magier, die den Ausführungen von Chefarzt Ziegenbarth gebannt folgte, die verfallene Max-Villa an der Seeleiten erreicht.

Es brauchte nicht viel, um über den elenden Zustand der Immobilie eine Mischung aus Erstaunen und Verärgerung zu erreichen. Und mehr noch, um zugleich die Spuren eines äußerst uneleganten Eindringens ins Innere zu bemerken. Ein Einbruch. Hier? Eine Katastrophe war das. Der Ort mit seiner Unwirtlichkeit schien doch so absolut sicher. Wer bricht schon in eine verlassene Ruine ein. Welchen Sinn hat das?

Ziegenbarth erbleichte, trotz der fahlen Grundfarbe seines allzeit weißlichen Adlergesichts.

„Wenn da ein Außenstehender ...?"

Er schluckte:

„Wenn da ein Außenstehender etwas erfahren hat!"

Der Professor hielt inne. Man konnte leicht seine Gedanken weiterlesen.

„Wenn da einer das Geheimnis entdeckt", so ein anderer.

„Aber kein Fremder kann davon wissen."

Alle schwiegen.

Und jeder wusste: Viel, viel mehr als nur ein Geheimnis, das vielleicht entdeckt werden könnte, lag hier offen. Dieses Wissen würde die Welt verändern, es könnte die angstmachende Öffentlichkeitsarbeit der Nachkriegszeit ad absurdum führen, dieses unselige, über allem kollektiven Denken ausgebreitete Totentuch aus Sündenreligion, autoritärem Gesundheitswesen mit ständig neuen fiktiven Bedrohungen. Und dazu dem manipulierten Wirtschaftsjournalismus, der das Volk in Weltuntergangsstimmung versetzen sollte.

Ziegenbarth musste sich an einen hölzernen Zaunpfahl lehnen. Der Zaun schloss das dem See zugewandte Grundstück zur Straße hin ab.

Er war ein Mann, der Wissen wahren und in sich verschließen konnte. Und musste. Durch Gedankenkraft rief er Dr. Frischmuth, den Leiter der Neuen Pinakothek, aus der Wandergruppe zu sich. Frischmuth hatte einige schlaflose Nächte hinter sich, seit der Falter auf dem Anatombild des Malers Max zu krabbeln begonnen hatte. Und seitdem das Insekt eine andere Position auf dem magischen Bildnis hielt! Ein unübersehbares

Zeichen aus der dunklen Gegenwelt. Eine tödlich ernste Mahnung zugleich.

Den beiden führenden Köpfen der schwarzmagischen Loge war klar: Hier, in dem Ruinenanwesen am Starnberger See, da ruhte *Der Anatom*. Und das war nicht nur ein weltbekanntes Bild des genialen Maler-Okkultisten Gabriel von Max, vor dessen zusammengefallener Villa sie soeben staunend standen.

Der Anatom lebte.

Er lebte weiter, als Untoter, und er hatte damit die Freiheit, anzustellen, was er wollte. Der Anatom lebte, so wie jeder lebte, der um das Geheimnis wusste. Nun musste man handeln.

Und der 23. Juni rückte immer näher. Das besondere Datum einer jeden Loge auf der Welt.

9

23. Juni. Sommersonnwende. Der Tag, an dem die Nacht am längsten währt, die Dunkelheit ihr ureigenes Fest feiert. Den dunklen Mächten gefällt es, dass nun die Tage wieder kürzer werden. Sie stehen an diesem besonderen Tag im Licht, weil es jetzt am längsten währt, wohl wissend, dass dieses Licht von nun an beständig abnimmt.

Umgekehrt agieren die Mächte des christlichen Glaubens. Sie feiern am 24. Dezember, kurz nachdem der Tag am kürzesten dauert und die Nacht am längsten ist, freuen sich über die Geburt des lichtbringenden Erlösers, mitten in der dunkelsten Winterzeit. Ein Licht kam in die Dunkelheit und es hält an, dieses Gotteslicht. Mächte der Finsternis hören das nicht gerne.

Wintersonnenwende, Weihnachtszeit. Zeit der Jahreswende, wobei es aber lichtwärts geht und die Tage wieder länger werden. Bis alles bei den Sonnwendfeuern im kommenden Juni erneut kippt. Kreislauf des Lebens, wissend, dass der Tod nur Übergang ist, Neubeginn, Verjüngung gar.

„Das Bild!" Frischmuth hatte die Visionen noch im Kopf und wusste, dass Ziegenbarth genau dasselbe dachte.

„Ja! *Der Anatom*!" Beider Blicke trafen sich.

„Diese magische Tafel. Die Skizze des Malers Max, die den Anatom zeigt. Das Blatt mit den geheimen Notizen und Handschriften."

Frischmuth sprach das Unaussprechliche aus: „Wie nur kommen wir an das Bild?"

„Die Pinakothek wird nun für Jahre geschlossen, wegen angeblicher Sanierungsmaßnahmen. Ihnen als Leiter der Sammlung brauche ich das nicht zu sagen."

„Dann glauben Sie, Professor Ziegenbarth, das Wissen ist gefährdet, entdeckt zu werden? Öffentlich zu werden? Sie meinen, es wissen bald auch andere ...?"

„Genau!"

„Ich habe mich seit Langem gefragt, warum unsere so renommierte Galerie für nahezu zehn Jahre geschlossen werden soll. In der Zeit könnte man locker einen Neubau tätigen."

„Da geht es doch um etwas ganz anderes."

„Das Bild! *Der Nachtfalter.*"

Frischmuth erinnerte sich an das Erlebnis mit dem magisch belebten und auf dem Gemälde krabbelnden Nachtfalter und wurde augenblicklich so weiß wie das tote Mädchen auf dem Gemälde.

Sein Wissen war den anderen Eingeweihten stets einen Tick voraus. Indes, er schwieg.

Ziegenbarth, Magier und Seelenleser, dazu Arzt mit herausragendem Wissen, übersah absichtlich die innere Bewegung des Logenmitbruders, überlegte kurz und sagte entschlossen:

„Egal wie. Wir müssen an den Nachtfalter auf dem Bild vom Anatom kommen! *Er trägt das Geheimnis.* Und mit diesem Wissen würde den Menschen die Angst vor dem Tod genommen."

„Unvorstellbar."

Frischmuth, ausgewiesener Experte für Symbolismus in der Kunst, damit auch für die enorme Wirkmacht der Symbole, rief sich die Überlegungen der letzten unruhigen Tage ins Gedächtnis zurück:

Nachtfalter. Wie der Schmetterling immer schon als Symbol für die Seele gilt, so steht der Nachtfalter für die deren Nachtseite. Die dunkle Seite, das abgrundtiefe Altwasser, das Brackwasser der Phantasie. Und ein Nachtfalter, der wie auf dem Max-Bild aus dem Dunkel taucht, bedeutet ein Selbsterkennen, hin bis zur Selbstzerstörung. Jedoch, das Tier kriecht auf das Gesicht der Toten zu, das Gesicht steht für Sehen, Erkennen. Genau das ist es. Das Geheimnis.

Und nun wurde er sehr ernst. Nochmals versicherte er sich, dass seine Gedanken vor Zuhörern sicher waren, denn er wusste nur zu genau, dass auch Gedanken abgehört werden konnten, ebenso wie gesprochene Sprache oder Funkverkehr. Doch er war in einem hermetisch geschlossenen Raum.

„Man darf den Menschen niemals die Angst nehmen."

Denn das hieße, die Masse unregierbar zu machen. Im Gegenteil, man muss Angst schaffen.

Lebenssaugende, vampirische Angst! Wodurch? Die gute altgediente Kirche mit Sünde, Höllenangst und Fegefeuer taugt nicht mehr, zu groß wurde die Antipropaganda der letzten Jahrzehnte. Aber Todesangst ist und bleibt der Hit für alle Manipulatoren.

Angst, undefinierbare lähmende Angst, Isolation, Einschränkung der Freiheit, der individuellen Begegnung! Frischmuth saß jetzt sinnend da wie der Anatom selber. Der Falter in seiner schwarzen Phantasie begann, mit einem hässlichen Brummton zu flattern.

Ein undefinierbares Virus, ein Angstvirus, das ist es! Seine Gedanken begannen zu rasen, der Tod wird verdrängt, Religion gibt längst keine Hoffnung mehr, undefinierbare Angst, Angst vor dem Unsichtbaren, dem was?

Dem – was?

Frischmuths Ideen begannen zu rasen. Der aufflammende höllische Gedanke des Machtmenschen erschien ihm wie eine Krone, eine Corona.

Die überaus feierliche Stimmung konnte keineswegs über den Ernst der Situation hinwegtäuschen. Man fand sich überpünktlich ein unter der weiten Kuppel in einem hallengleichen Raum, dessen Stimmung und dessen seltsam energetisches Grundbrummen sakral anmutete.

Das Rund der Kuppel wiederholte sich auf dem Marmorboden mit dem logentypischen Schwarz-Weiß-Schachbrettmuster.

Dieses Schwarz-Weiß steht für die Gut-Böse-Dualität des Lebens. Und für das Wissen, damit Macht zu generieren. Denn dort unten gruppierte sich eine Sitzreihe von hundert, genauer: neunundneunzig Stühlen um den überdimensional breiten Rundtisch aus schwarz poliertem und spiegelndem Marmor. Der seltsame Tisch trug keinerlei Schmuck – außer einem gebleichten Schädel und einer brennenden Kerze.

Die feierlich-ernste Szene, das so seltsam verzögerte, man könnte meinen, dieses unwillige Platznehmen aller korrekt gekleideten männlichen Anwesenden fand so lautlos wie möglich statt. Smoking, Zylinder, seltsame Stolen in unheilvollem Dunkellila. Die Symbole und Sigillen darauf verhießen nichts Gutes. Kein

Plaudern, keine Grußformel unterbrach die hörbare Stille.

Etwas stand unausgesprochen im Raum. Jedes Geräusch, sei es der Klang von Schritten, von Stimmen oder Musik, geriet hier unter der Kuppel zum Crescendo einer todbringenden Gegenwelt. Vergleichbar war die Szene nur, wenn man an das seelengreifende Getragensein einer Aussegnungshalle mit Jugendstilästhetik dachte. Goldene Cherubim und Seraphim mit gewaltigen goldenen Schwingen; Angst einflößende, stilisierte und unheimliche Engelwesen mit ungeklärter Abstammung – kalte Boten der Macht, wie sie nur der Tod selber besitzt und aussendet. Die stille Macht des Unentrinnbaren, ähnlich dem Totentempel des Münchner Westfriedhofes.

Dieser Raum, der tagsüber als Votivkapelle Besucher aus der ganzen Welt anzog, agierte wie eine Person. Das Gebäude agierte wie ein forderndes Wesen, wie ein Ungeist, der Energie abzog und einforderte. Angst nimmt immer Energie fort, Angst entreißt sie der Vitalkraft. Ein schwarzmagisches Machtmittel aller Zeiten. Ein Schwarzes Loch im Geiste. Angst!

Und eben diese Gefühle kannte der hohe Kuppelraum von zahllosen schwarzen Versammlungen der Vergangenheit her. Unsichtbar, aber wirksam tat ein Geheimnis des Raumes seine lähmende Wirkung.

Angst und Beklemmung in Gestalt von symbolistischer Bildgestaltung war seinen marmornen Wandverkleidungen einbeschrieben, aber eben nicht nur Angst – auch grenzenlose Erleichterung. Das hatte seinen Grund in dem bizarren Ritual, das hier alljährlich stattfand.

12

Die alljährliche Wahl. Einer der hundert Mitglieder der MAX-Loge, ein jeder einzelne von ihnen den Mächten der Dunkelheit für immer verschrieben und dafür mit Reichtum, Macht, Erfolg *hier auf Erden* (aber eben nur da!) belohnt. Alle hatten sich pünktlich eingefunden.

Jeder saß auffallend starr auf dem ihm angewiesenen Platz, einem thronartigen Stuhl aus dunkel gebeiztem Holz mit senkrecht aufrechter Lehne, den Kopf des hier Sitzenden weit überragend, die jeweils die ihm persönlich zugeschriebene, kunstvoll eingeschnitzte Dämonenfratze zeigte.

Obwohl eisiges Schweigen herrschte, war unter der hohen Kuppel das murmelnde Grundbrummen des Todes zu hören. Ein Klang ohne Geräusch, aber umso wirkmächtiger.

Und jeder der hier versammelten Eingeweihten der Schwarzen Loge wusste um den kalten Klang der Stille, der Grabesstille.

Professor Dr. Ziegenbarth, seit vielen Jahren Großmeister der MAX-Loge, schlug mit einem Holzhammer, der mit einem Silbergriff versehen war, auf ein Mahagonibrett, ähnlich einer Kunstauktion, wenn der Hammer fällt.

Und der Hammer fiel hier tatsächlich, er bedeutete nicht weniger denn ein Menschenopfer.

„Wir sind hier zusammengekommen, um denjenigen auszulosen, der sein Leben gibt, um uns alle für das Jahr mit vitaler Energie, mit irdischer Macht, mit Ansehen und Glanz, Geld und Wohlstand zu versorgen."

Das Wort Menschenopfer vermied er.

Jeder in der Runde der neunundneunzig sah betreten auf die Platte des runden Marmortisches, so wie unvorbereitete Schüler, die sich beim Ausfragen unsichtbar machen wollen und betreten den Blick senken.

Bevor es zu der entscheidenden Zeremonie kam, hielt der Großmeister die entscheidende Rede:

„Hört! Unser Orden besteht schon seit Jahrhunderten und ist mit denselben schwarzen Gesetzen auf dem Rund der ganzen Welt vertreten. Die Zahl 99 ist uns heilig und hat ihre besondere Bedeutung, denn es gibt insgesamt 99 Logen weltweit. Jede dieser Logen hat wieder genau 99 Mitglieder. Die 9 ist eine umgedrehte 6 und erinnert an die Zahl des Tieres 666, die wir aus der Apokalypse kennen. Alle diese Logen verfahren nach denselben ewig gültigen Gesetzen wie wir. Der Herr der Finsternis, unser Gott,

den wir verehren und anbeten, hat jeder Loge
ein hohes dämonisches Wesen zur Verfügung ge-
stellt, das wiederum verpflichtet ist, samt seinen
Hilfsdämonen jedem Logenbruder zu dienen,
lebenslang."

Er machte eine beredte Pause und fügte hinzu:
„Länger aber nicht."

Wieder Pause.

Er war sich der grausigen Wirkung des Ge-
sagten sehr bewusst.

Seine Stimme wurde tiefer.

„An diesem historischen Tag möchte ich jeden
von euch daran erinnern, welche ungeheuren Vor-
teile er für die Dauer seines Lebens – aber eben
nur für diese Dauer – aus der Zugehörigkeit zu
unserer Loge gezogen hat. Sicher kann mir niemand von euch einen Orden nennen, durch den
man radikaler und ohne Zeitverlust zu irdischem
Glanz, zu Reichtum und Macht kommen kann.
Wer kann seine Feinde schneller demütigen und
schließlich restloser vernichten als wir? Welcher
Mensch wird besser geschützt vor allen Gefah-
ren des Lebens, (er meinte, vor Konkurrenten,
Neidern und sonstigen Feinden) als die Brüder
unserer Loge?"

Wieder die kalt kalkulierte Pause.

„Niemand!"

Er hielt sich dabei an einen lange überlieferten Ritualtext, dessen Quellen für ewig im Dunkeln bleiben.

Auf dem erhöhten Tisch des Großmeisters sah jeder die Lostrommel, in die nun sämtliche Anwesenden nacheinander, damit nur ja alles korrekt ablaufe, ihre zugewiesene Platznummer warfen. Selbstverständlich wurde das vom ersten Sekretär der Loge, von Dr. Frischmuth, dem feingeistigen Leiter der Pinakothek, genauestens kontrolliert.

Kein Laut bei all dem. Nur das gemessene Schreiten auf dem schwarz-weißen Marmorboden. Jeder, der seine Nummer abgegeben hatte, begab sich wieder zu dem ihm angewiesenen Dämonenstuhl. Und blickte dann weiterhin gebannt und paralysiert auf den spiegelnden sargschwarzen Marmor. Bei schrägem Lichteinfall war darauf das Zeichen der Schwarzen Sonne zu erkennen.

Die Schwarze Sonne dominiert die Gruft der Wewelsburg bei Paderborn, ehemals Kultstätte des dämonischen Schwarzen Ordens mit der der Doppel-S-Rune. Wer weiß schon, dass eine energetische Linie, die mehrere solcher dunkler Kraftpunkte kreuzt, genau hierherführt.

Dann wurde ein in Trance versetztes Medium mit Namen Larissa hereingeführt. Es musste ein Namen mit Doppel-S sein. Nachdem man ihr sorgfältig die Augen verbunden hatte, griff sie dennoch zielsicher in die Trommel und übergab einen Zettel dem Großmeister.

Er reichte ihn zur Kontrolle dem Sekretär. Der wiederum verlas den Namen des vorzeitig der Verdammung Preisgegebenen.

13

Gabriel hatte sich mit dem unerlaubten Eindringen in die verfallene Villa des Gabriel von Max zu viel zugemutet. Nicht körperlich, aber seelisch. Gut, Neugierde war dabei, Frechheit des Augenblicks und angeberisch-dumme Suche nach Sensation und Abenteuer.

Vor allem aber war es Angabe. Denn der attraktive blonde 26-Jährige wollte damit seiner Freundin Lydia imponieren. Die blieb dann aber viel weniger beeindruckt als er gehofft hatte. Dafür sah man ihr das Entsetzen an. Was wie eine Heldentat hätte aussehen sollen, das war für die junge Dame aus gutem Hause ein dümmlicher Akt der Hoffart und ein abstoßendes Zeichen von Unverantwortlichkeit. Letztlich ungefragtes Eindringen in fremde Räume, kriminelles Handeln gar. Innerlich hatte sie sich in diesen Minuten schon von ihm distanziert.

Aber nicht nur ihre unerwartet negative Reaktion auf diese Aktion raubte ihm den Schlaf.

Seit er den verwunschen und versiegelten Ort der Gabriel-von-Max-Villa betreten hatte, war sein Seelenfrieden dahin. Ein seltsames mentales Besetztsein hatte sich seiner bemächtigt, Katerstimmung, die nicht nachlassen wollte und die an seiner sonst so ausgeprägten Vitalität sog.

Er betrachtete immer wieder die Zeichnung *Kopernikus*, die er bei dem Untoten unter den modrigen Holzbarren des ehemaligen Küchenraumes gefunden hatte. Gefunden? Mitgenommen. Konnte man gar von „gestohlen" reden?

Kopernikus.

Erinnerung an Schulbildung: Kopernikanisches Weltbild, wie war das damals? Es gibt das Internet zum schnellen Erstrecherchieren. Gabriel tippte in die Suchmaschine: Nikolaus Kopernikus. Und er fand:

„Kopernikus, Genie und Kirchenmann, lebte von 1473 bis 1543, war also ein Kind des späten Mittelalters, des Humanismus, eher der beginnenden ‚Neuzeit'. Er galt und gilt indes als bedeutendster Astronom des Mittelalters. Mit der Ausarbeitung des *heliozentrischen Weltbildes*, das besagt, dass nicht die Erde Mittelpunkt von allem sei, sondern die Sonne, leitete er eine der größten Revolutionen in der Astronomie-Geschichte ein."

Dann war noch zu erfahren: „Mit der ‚Kopernikanischen Wende' zerbrach der vorherige ‚Wir-sind-Mittelpunkt-Glaube'. Und mit dem Humanistischen Weltbild des Astronomen ging ein Glaube an die wundersame Harmonie der Natur einher."

Er dachte nach.

Warum war nur die flüchtige Zeichnung des Gabriel von Max ausgerechnet mit „Kopernikus" unterschrieben?

Sonne als Zentrum. Die Erde kreist um das Licht. Alles Leben kreist um das Licht, so wie die Motte um das Licht gespenstert und der Nachtfalter um die Kerze taumelt.

Mitte. Licht. Leben.

Und gleichzeitig dachten die telepathiebegabten Magier Dr. Ziegenbarth und Dr. Frischmuth in einer magischen Kuppelhalle, die den schwarzen Marmortisch mit der schwarzen Dunkelsonne umschloss, einer Dämonenhalle, die auf ein bizarres Ritual wartete, gleichzeitig denselben Gedanken:

„Wenn das ein Profaner merkt, jemand, der nicht zu uns gehört!"

„Was?"

„Dass der sinnende Anatom auf dem berühmten Max-Gemälde, dass dieser nachdenkliche und wissende Gelehrte, der das helle tote Mädchengesicht betrachtet, unser Geheimnis der Macht birgt!"

Ziegenbarth sprach es endlich aus:

„Kollege!"

„Reden Sie!"

„Wenn ein Außenstehender dahinterkommt! Wenn jetzt ein Nichteingeweihter wissend wird, dass alles, was um das Licht kreist, unsterblich ist, Licht aber nicht tilgbar, weil göttlich!"

„Sie können in die Dunkelheit das Licht bringen, nicht aber ins Licht die Dunkelheit tragen."

Ziegenbarth räusperte sich:

„Was um eine Sonne, um ein Licht kreist, das kann nicht und niemals sterben."

„Mit anderen Worten: Das Licht, die Schöpfung, das Gute, sie sind stärker!"

„Es sei denn, man könnte das Licht tilgen. Aber das geht nicht!", so der andere Schwarzmagier resigniert.

„Und der Nachtfalter, wie er stets das Licht sucht. Er ist lebendiges Dingsymbol!"

Sie schwiegen lange. Denn beide wussten, dass Symbole Lebenskraft beeinflussen können.

Denn diese eleganten, im Diesseits recht erfolgreichen Diener der Finsternis hatten zu befürchten, dass die Angstindustrie mit so einer unberechenbaren Sache ein Leck bekommen könnte. Ein Leck durch Lichteinfall.

Frischmuth tat bestürzt, obwohl er dies alles längst erkannt hatte.

„Licht ist wie eine mächtige Geheimloge", meinte er dann.

„Man sieht es nicht, wenn es aber auf ein Objekt trifft, dann bringt es dieses zum Leuchten."

„Wie die Loge, richtig. An der Wirkung, und nur daran, kannst du alles erkennen", so Ziegenbarth.

„Dann wäre Licht das Okkulteste, was es gibt: verborgen, aber sichtbar wirksam!"

„Herrlich paradox."

Ein bitteres Lächeln bei beiden.

Denn den Schwarzmagiern war klar, dass sämtliche, dem Nikolaus Kopernikus folgende Weltbilder, wie sie neuere Schulbücher füllen, wie sie alle von deprimierend unendlichen Lichtjahr-entfernungen berichten, von unauslotbaren Galaxien, Spiralnebeln, von Krümmungen des Lichts, von schluckenden schwarzen Löchern, von Minus-Weltsystemen, die entsetzlicher sind als alle alten Höllenvisionen, dass sie nun ihre Schrecken verlieren könnten. Genau das wurde den beiden Eingeweihten der dunklen Mächte klar, in diesen Lichtmomenten der Einsicht.

Horrorbilder der modernen Astrophysik, die unvorstellbaren Weiten, das ewige Verlorensein der Seelen in angeblich beweisbaren schwarzen Löchern, eben die moderne Hölle. Das krude

Denkwerk von ihresgleichen, von Schwarz-
magiern mit weißen Wissenschaftlermänteln.
Sogar das Nichts wurde nun „wissenschaftlich"
bewiesen, um den wenigen noch lebensfrohen
Menschen Halt und Glauben zu nehmen. Bös-
artiges, berechnendes Kalkül der Macht. Und
sie selbst hatten sich dieser Dunkelmacht und
Angstindustrie längst willig ergeben.

Die beiden Logenbrüder sahen, dass die
sogenannte Wissenschaft seit den Tagen des
Nihilismus nur ein einziges erklärtes Ziel hat.
Einsamkeit vermitteln, ein verwirrendes Alles-
Entsetzliche-ist-Möglich schaffen. Getarnt als
nicht anzweifelbares Weltbild des wissenschaftlich getünchten geistigen Abgrundes.

Und über allem die Angst, die undefinierbare Angst. Statt Halt und Glaube das seelische
Verlorensein im nirgendwo endenden, angeblich
gekrümmten Weltenraum. Nicht nur Einsteins
Relativitätstheorie spielte zur „wissenschaftlichen"
Verwirrung der Massen als Ersatzglaube eine
Rolle. Sondern einfach alles, was den Menschen
ihren mentalen Halt nimmt: Angst statt Glaube
an eine liebende Schöpfung.

Alptraumhafte Schwarzlochtheorien. Ge-
schluckte Galaxien. Schlimmer noch als ehemalige Höllenvisionen. Sogar das Licht wurde

angeblich geschluckt. Beweise? Hauptsache, ein „Wissenschaftler" sagte dies in den Medien.

Einziger bleibender Halt blieb für die Menschen, das jedoch nur im Diesseits: Unterhaltung, Konsum. Kommerz. Brot und Spiele. Das Machtmittel des Gegenwartsfürsten. Des Fürsten der Welt und der Dunkelheit.

Und nun! Da könnte ein Außenstehender wegen seiner Neugierde alles in Frage stellen.

14

Für die Schwarzmagier wäre dies, was kurios genug ist, die Hölle selbst, ein Machtverlust durch entweichendes Herrschaftswissen. Ernsthaft gefährdetes schwarzmagisches Wissen, das nun durchsickert wie Wasser aus einem leckgeschlagenen Eimer. Der unbekannte Außenstehende, nämlich der junge unbedarfte Gabriel, könnte durch den Besitz der Anatomzeichnung samt der Notizen darauf an dies Wissen gelangt sein.

Ein Nichteingeweihter, der durch puren Zufall alles entdecken könnte! Dieser Fremde könnte im schlimmsten Falle die Welt aufklären, dass die Angstmachindustrie der Gegenwart, die geniale Einführung eines Virus, unsichtbar und angeblich böse, eines Virenteufels, von dem keiner wusste, ob es ihn gibt oder nicht, beherrschbar sei.

Dieser den Logenbrüdern Unbekannte wäre dann imstande, ein angsthemmendes Wissen nach außen zu tragen, hinein in öffentliches Denken und Bewusstsein. Aus wäre es dann mit satanischen Machtspielen wie dem Lockdown, also einer Ausgangssperre und Entrechtung der Volksgemeinschaft. Eines unergründbaren, unsichtbaren Virus willen. Aus wäre es zudem mit der negativ programmierten Dauerkriegsberichterstattung, die das Volk geistig spaltet in Dafür, Dagegen, auch in ein So-oder-So, ich weiß nicht recht.

Ständig sich abwechselnde Kriegsberichte. Einseitige Sicht und Wertung. Einhergehend steigende Preise, unausweichliche Teuerung. Vernichten des Mittelstandes, alles lief doch so gut.

„Der Unbekannte muß weg", bemerkte der Chefarzt.

„Je schneller, desto besser!"

Frischmuth putze seine randlose Brille, obwohl diese wie immer sauber war.

15

Gedanken sind Macht. Das war den beiden klar und sie wussten auch, wie man sich der Zerstreuung durch Medien und Chaostheorien entzieht.

Sie konzentrierten sich drei Tage lang auf den jungen Mann Gabriel, der vor nicht allzu langer Zeit in die besprochene und verwunschene Ruine des Malers Gabriel von Max eingedrungen war. Durch Telepathie wussten sie um seine innere Unruhe, seinen schlechten Schlaf. Und genau da hakten sie ein. Das fiel den Magiern des linken Pfades umso leichter, da ihr unwissendes Opfer eine Zeichnung des Magier-Malers in seinem Besitz hatte. Dieses Bild *Kopernikus* konnten sie nun mühelos visualisieren. Sie stellten sich das Bild vor. Und damit trafen sie den, der es bei sich trug. Vampirgeschichten tragen einen sehr wahren Kern in sich. Aussaugen! Raub der Lebenskraft. Auch aus der Ferne ist das möglich.

Das Allgemeinbefinden von Gabriel verschlechterte sich nun täglich. Die Freundin hatte sich inzwischen von ihm getrennt, kümmerte sich aber dennoch.

Da unternahm Gabriel unerwartet eine Kreuzfahrt. Wohin? Welches Schiff? Von Bremerhaven durch den Kanal, an Portugal vorbei südlich, dann quer durchs Mittelmeer bis Venedig.

Doch vorher legte er die Zeichnung, die den sinnierenden Anatom zeigte und mit „Kopernikus" unterschrieben war, sorgfältig in ein Kuvert.

„Achtet auf die Randnotizen", schrieb er auf ein Beiblatt. Er adressierte den Umschlag und gab diesen bei der Post auf.

Man hörte nie mehr wieder von ihm.

Hie und da eine kleine Notiz über einen „verlorenen Passagier". All das musste in der Nähe der Meerenge von Gibraltar geschehen sein. Vermisst? Über Bord gegangen? Wann? Und warum? Nur Schweigen. Kapitän und Behörden schüttelten die Köpfe. Wir sind ahnungslos. Tempelherren von Malta wussten mehr über den Vorfall, aber auch die schwiegen. Doch schnell wurde die Meldung von anderen spektakulären Weltereignissen überlagert.

Nur Dr. Ziegenbarth und Dr. Frischmuth hätten sagen können, wo der junge Mann verblieben war. Aber Wissen und gezieltes Schweigen, es bedeutet Macht.

An die Folgen ihres „Tu-was-du-willstaber-trage-die-Folgen, an Folgen, die sie irgendwann im Jenseits schwer würden tragen müssen, dachten sie jetzt lieber nicht. Sie hatten sogar eine bizarre Freude an der Bosheit ihrer geliehenen Machtausübung und am schwefelgrünen Virus der Möglichkeiten im Jetzt, die ihrer Königlichen Kunst entsprangen.

Krone der schwarzen Magie, schlicht Corona genannt.

16

„Münsing – Seit mehr als 20 Jahren verfällt die Villa Max am Starnberger See, zum Entsetzen der Denkmalschützer und der Behörden. Kommt es jetzt zum Showdown? – Den Eindruck kann man gewinnen, wenn man den Artikel liest, den das Hamburger Nachrichtenmagazin Der Spiegel in der Ausgabe vom 8. Juni veröffentlicht hat. Ministerpräsident Markus Söder habe von der Eigentümerin einen Brief erhalten, die Antwort stehe noch aus."

So berichtete eine bekannte Zeitung in ihrer Lokalausgabe für den Starnberger Raum. Nun kam unerwartet und recht plötzlich eine Bewegung und Dynamik in die jahrelang so herrlich ruhende Skandalgeschichte um die Bruchbude mit so großer Vergangenheit. Und diese unerwartete Öffentlichkeit konnte einigen Beteiligten der Dunkelszene überhaupt nicht passen. Denn die Loge, die dem verrufensten Okkultistenkreis der Jahrhundertwende nachfolgte, blieb nicht minder aktiv. Man sprach unter vorgehaltener Hand von den geheimen MAX-Brüdern, Max deswegen, weil dies an Maximierung erinnerte und ebenso an den Maler Gabriel von Max. Keiner ahnte auch nur, wie sehr dessen verborgenes Wissen um

Weiterleben und um geistige Präsenz aktiviert war. Und, was schlimmer war, wie all dies die Schwarzmagier selber betraf!

Hier, während geheimer Treffen unter der Kuppelhalle, hatte man den bizarren, aber wirksamen Plan erdacht:

Der Plan sollte für alle gelten und sollte wirksam werden für alle Eingeweihten die wussten, was vielleicht jetzt öffentlich werden konnte – ein für die Allgemeinheit zugängliches und sehr glaubwürdiges Wissen um ein handfestes und wirkmächtiges Weiterleben, ein Wissen um machtvolle unsichtbare Kräfte. Gar um einen bewegten Nachtfalter auf dem sprechenden Gemälde des Geistermalers. Es galt nun eines:

Im Wettlauf um die Vertuschung des aus dem Ruder laufenden Geheimwissens der Erste zu sein! Denn immer noch ruhte der untote Anatom in der Ruine, unter morndenden Holzplanken, die der vor Wochen hier einbrechende Gabriel notdürftig wieder auf die grabähnliche Vertiefung im ehemaligen Küchenboden gelegt hatte.

Er ruhte da unter dem feuchtdunklen Küchenboden mit der Unruhe aller Untoten, er schlief den wachen Schlaf geistiger Nachwirkung all jener Ungeister, die sich zu Lebzeiten nicht entscheiden konnten: Wohin?

Unterdessen stand anklagend die Skandalruine an der Seeleiten, verfiel, gehorchte dem nagenden Zahn der Zeit, jedenfalls jener Zeit, die man auf Erden kennt und beachtet. Menschen richten die Uhr, folgen manisch dem Takt, den andere vorgeben, werden zeitmanipuliert, glauben an Alter, Tod und sogar an ein Nichts. Derweil läuft in der wahren Zeit, die stillsteht, all dies ab, was wirklich, also wirkungsvoll wichtig ist. Nur wenige wissen davon und werden panisch, wenn das Geheimnis in Gefahr gerät. So wie jetzt.

17

Wie lautlos ein Raum mit neunundneunzig Personen sein kann. Nicht einmal ein Atmen oder Hüsteln war hörbar. Das Medium mit verbundenen Augen, als zusätzliche Person im Raum, hatte die Losnummer dem Großmeister übergeben und die gezogene Zahl war vom ersten Sekretär bestätigt worden.

Sechsundsechzig.

Jeder der starren Anwesenden, der eine andere Zahl auf seinem Zettel und Sitzplatz lesen durfte, blickt nun auf den betreffenden Platz mit der Nummer 66, grenzenlos erleichtert und für ein weiteres Jahr erlöst von dem Alptraum der schrecklichen Losziehung. Jeder der Davongekommenen durfte für ein weiteres Jahr mit irdischem Erfolg, mit Reichtum im Überfluss des sichtbaren Wohlstandes leben. Auch prassen oder angeben konnte er, wenn ihm danach war. Das Geld und die Beziehungen würden nie zur Neige gehen. Eben alles, was man zu den irdischen und vergänglichen materiellen Gütern zählen konnte, das stand ihm nun willig zu Diensten.

Dann allerdings galt es bei der neuen Losung im nächsten Jahr erneut auf Leben und Tod zu hoffen. Es konnte einen Neuling schon im ersten

Jahr der Mitgliedschaft treffen – und so manchen traf es niemals. Losglück eben. Ein erweitertes Russisch Roulette. Extrem hohes Risiko, sicher, aber alles war viel, viel schlimmer noch. Denn das, was bei jedem, auch ohne vom Todeslos getroffen zu sein, von vorneherein verspielt wurde, war die Seele.

Die Person 66, ein korpulenter Mann im mittleren Alter, saß still und ohne Regung da, deutlich in sich zusammengesunken. Der ihn getroffene Losentscheid hatte einen unmittelbaren Herzstillstand ausgelöst. So blieb dem Beklagenswerten der bevorstehende und unausweichliche gewaltsame Hinrichtungstod als jährliches Menschenopfer erspart.

Hätte er nicht hier und sofort sein jähes Ende gefunden samt augenblicklicher Höllenfahrt, denn die Seele war seit Jahren der Unterwelt verpfändet, dann hätte er die jährliche Zahl der Todesopfer im Starnberger See ergänzt. Tod durch Ertrinken am Ostufer, so hätten die Lokalzeitungen in einer kurzen Notiz vermeldet. Kein besonderes Vorkommnis im Jahreslauf.

Er saß da. Bleich und starr wie eine Wachspuppe. Die hohe Lehne seines hölzernen Thrones zeigte einen Dämon mit transparenten Flügeln,

mit dichter Behaarung und Fühlern. Ein anima-
lisches Geistwesen, das auffallend einem Nachtfalter ähnelte. Auf der Rückenseite des Tieres ein
stilisierter Totenkopf.

18

„Niemals! Niemals! Niemals darf unser Wissen über das wahre Wesen und die Tatsache der UNSTERBLICHKEIT die Öffentlichkeit erreichen!"

Ziegenbarth und Frischmuth schritten durch die kühlen Räume der Alten Pinakothek. Da die Neue Pinakothek nun für viele Jahre geschlossen bleiben sollte, hatte man eine repräsentative Auswahl von Kunstwerken, die von der Goya-Zeit bis zur klassischen Moderne reichte, hier im westlichen Flügel untergebracht.

„Wirklich eine wissend und weitsichtig durchdachte Auswahl!"

So lobte Ziegenbarth den hierfür verantwortlichen Freund und Logenbruder neben ihm.

„Ich hätte es nicht besser machen können", merkte Frischmuth trocken an, wohl wissend, dass er selbst der verantwortliche Kurator für die hier präsentierte Auswahl war. Seinen schrägen Humor mochte nicht jeder, aber für Ziegenbarth, den Satanisten, war das kein Problem.

Er sagte nichts, neigte nur den Kopf leicht nach links, um das *Frühstück im Atelier* von Edouard Manet eingehend zu betrachten.

Immer wieder war er hingerissen von dem dominanten Schwarz des dandyhaften jungen Mannes in der Bildmitte.

Dunkle Farben, Nacht. Das regte stets seinen Geist an.

„Der Anatom fehlt. Wo ist das Gemälde? Was weißt du davon?"

Und nach einer Pause ergänzter er seine unbequeme Feststellung:

„So wie überhaupt ein Bild von Gabriel von Max in dieser Auswahlsammlung fehlt! Warum?"

Ziegenbarth der Arzt sagte das mit dem ihm eigenen ironisierenden Unterton. Ein nur angedeuteter Scherz war das mit kaltbitterer Ironie, denn den Grund für das Fehlen des entscheidenden Gemäldes wussten beide.

„Tatsächlich, kein Anatom da", so der andere mit gespieltem Erstaunen.

Das Gemälde des Gabriel von Max mit dem Titel *Der Anatom* befand sich inzwischen mit gutem Grund in den unterirdischen Archiven der bayerischen Staatssammlungen. Und sogar hier war es so geschickt untergebracht, dass kein Unbefugter Einsicht nehmen konnte. Nur Dr. Frischmuth wusste um den Platz. Und er schwieg sich aus.

Unvorstellbar, wenn ein aufmerksamer Kunstliebhaber bemerkt hätte, dass der gemalte

Nachtfalter auf dem abgehängten und nunmehr eingelagerten *Anatom*-Gemälde inzwischen näher zum Kopf des toten Mädchens gewandert war.

Um den irritierenden Skandal der jahrelang geschlossenen Neuen Pinakothek weiter zu vertuschen, lies man sich eine unvorhergesehene Verzögerung der Sanierungsarbeiten einfallen.

„Baukosten überschreiten das Budget um ein Vielfaches, Corona, verschiedene Kriege auf der Welt, alles war als Ausrede gut. Die Münchner waren das sowieso gewohnt.

19

Für alle Außenstehenden war der sichtbare Verfall der Max-Villa am Starnberger See ein beklagenswertes lokales Ärgernis, aber mehr auch nicht. Man konnte sich wundern oder ärgern über den sichtbaren Skandal, den eine Ruine in der gepflegten und noblen Seeleiten hervorrief. Und alles wurde in regelmäßigen Abständen von der Lokalpresse genüsslich aufgefrischt:

„Denkmalschutz, Versammlungen ohne Ergebnis, Sturheit aller Beteiligten, gezielter und geduldeter Verfall."

Für die näher Eingeweihten der 99er-Loge war das alles jedoch kein Zufall. Man wusste allzu genau:

Der Geist des Hauses wirkte weiter!

Der Zustand der Gruselvilla spiegelte nur den innewohnenden und so ruhelosen Ungeist.

Der Untote unter den morschen Holzplanken des Küchenraumes mit dem Antlitz des Anatoms auf dem Max-Bild tat sein Werk und seine Wirkung. Er tat dies unabhängig von Raum und Zeit. Denn ein Geist lebt weiter, er braucht keinen materiellen Körper mehr. Ein Geist ist etwas Geistiges, daher der Name.

Tot ist nicht Tot-Sein, eine Erkenntnis, die hier am magisch besprochenen Ort keine Besonderheit schien. Doch nun war die Zeit vorbei, um alles auf sich ruhen zu lassen.

Die Politik war mobilisiert. Das Nachrichtenmagazin Der Spiegel hatte zwei Seiten zu dem Thema veröffentlicht. Lokale Zeitungen und Interessenvertreter saßen scharrend in den Startlöchern. Etwas würde mit der Ruine am Seeufer geschehen, geschehen müssen. Egal was.

Also, was tun mit dem Untoten Malerfürsten unter der modrigen Küchendiele! Und das *Anatom*-Bild mit dem auf Leinwand gebannten alter Ego des Magier-Malers, das musste um alles in dieser Welt vernichtet werden. Obgleich Frischmuth nach der Schließung der Neuen Pinakothek das bannende Gemälde des Malers Max in vollkommen unzugänglichen Lagerräumen hatte verschwinden lassen:

Das Werk *Der Anatom*, wenngleich ein Juwel der Kunstgeschichte des 19.Jahrhunderts – dieses monumentale Kultgemälde mit dämonisch bedingtem Eigenleben. Es musste weg. Nicht nur verschwinden. Es musste vernichtet werden. So schnell wie möglich.

Die Zeit rannte davon.

Eines Tages war der vorwitzige Mitarbeiter der Sammlungen Lars Lindgrün in den Keller-archiven auf der Suche nach einem verschollenen Werk des Symbolismus, das zur Sammlung gehö-ren musste. *Tanz der drei Grazien und der Glüh-würmchen* von Franz von Stuck. Ein Journalist aus der Kunstszene hatte bohrend nachgefragt. Es ging um Vorbesitz, Raubkunst, Restitution, die Nachkommen der ehemaligen Besitzer des teu-ren Werkes gaben keine Ruhe. Lindgrün kramte in seiner Erinnerung, Keller zwo, Osttrakt. Er forschte nach, ungefragt. Nicht wissend, dass das versteckte Max-Gemälde dort unten im Osttrakt nicht weit weg war.

Er wunderte sich.

Diese ungewohnte Kälte. Die Räume waren doch konstant temperiert? Wegen der empfind-lichen Ölfarben und der ebenso empfindlichen Leinwände. Eiseskälte umfing ihn, saugte an seinem Lebensfaden. Er zog den Kragen hoch und fühlte sich angestachelt, der seltsamen Sache nachzugehen.

War was das? Ein großes Bild, sorgfältig ver-packt. Hier? Verpackt? Ganz ohne Kenn-Nummer. Er zog das Objekt aus der Archiv-Vorrichtung. Eis. Die Finger blieben kleben.

Doch dann! Was war das?

Träumte er? Ein behaartes Unwesen mit Facettenaugen.

Der Blick. Tödlich und so böse wie aus einer Welt, die kein Lebendiger aushält.

Man fand ihn tot.

Unerwarteter Herzstillstand, das diagnostizierte der Arzt. Der gehörte zur Loge.

20

Krone der Manipulation: Noch funktionierte das Teufelswerk der totalen Macht und der perfekten Kontrolle. Die Menschheit glaubte an die überall lauernde Zugriffsmacht des bösen Virus, der das Jahr 2020 restlos im Würgegriff hatte. Sein bannendes Logo, eine Kugel mit hässlichen Noppen und pilzartigen Auswüchsen, dieses schwarzmagische Symbol war präsenter als ein dreiviertel Jahrhundert zuvor das gleichschenkelige Kreuz mit den rechteckigen Winkeln, die es linksdrehend machten. Woher das okkulte Virus kam, ob es den Erreger des Todes gab oder nicht, das spielte gar keine Rolle. Die Machthaber hatten schnell erkannt: Man konnte mit dem „Großen Unbekannten", dem unsichtbaren Bösen und vermeintlich Tod bringenden Unbekannten die Mehrzahl der Menschen isolieren, Familien spalten, die Gesichter per Dekret verbergen lassen, vor allem aber:

Man konnte Angst schüren.

Verunsichern.

Alltagsrechte beschneiden.

Überwachen.

Kontrollieren.

Herrschen.

Und das in einer Weise, von der Diktatoren und psychotische Machtlüstlinge der Vergangenheit noch gar nicht hätten träumen können. Denn die Einheitspresse der Angst und der negativen Weltsicht war im letzten Jahrtausend noch lange nicht auf dem technischen Stand, war noch nicht so digitalisiert-allgegenwärtig.

Eine Perfekte und ausgeklügelte Angstindustrie funktionierte nun perfekt. Und gab überall den Ton an. Doch unter der Oberfläche des dumpfen Mitmachertums regte sich aktiver Widerstand. Zunächst zart wie eine Pflanze, deren Spitze vorsichtig aus der Erde ragt. Dann anwachsend, schließlich wuchernd wie Unkraut, Efeu oder wilder Wein. Noch immer gab es Menschen, die in Büchern der Vergangenheit lasen und nicht nur gleichgeschaltete Nachrichten schauten. Und die wussten um den weisen Satz, man müsse nichts so sehr fürchten als die Angst selber.

In Kreisen, die um den weiteren Erhalt der herrlichen Macht bemüht waren, wie sie die Virenepidemie den dunklen Logen schenkte, auch der Kirche, vor allem der gesamten Presse und den unsichtbaren Puppenspielern, die hinter jedem Politiker standen, wurde nun ernsthaft überlegt: Man sollte Bücher und Medien, die älter als fünf

Jahre waren, verbieten. Es genügte vollkommen, wenn in Schulen und ebenfalls in TV-Doku-mentationen die manipulierte Gegenwart als Geschichte gelehrt wurde.

21

Die Sixtinische Kapelle. Mehr als ein Sakral-
bau mit weltberühmten Fresken, viel mehr: Ein
magischer Ort, der das Denken derer, die hier
zusammenkamen und kommen, mit dem Denken und Wollen einer Höheren Macht, wie auch
immer diese beschaffen sein möge, gleichschaltet.
Spontanhilfe von oben. Oder von unten, wer
kann das wissen? Denn welcher Art die Macht in
diesem geschichtsprägende Raume ist, bleibt ein
Geheimnis. Das Anrufen der Macht funktioniert
hier. Nicht immer, aber oft.

Hier zauberte das Genie Michelangelo *Das
Jüngste Gericht* an die hohen Wände. Der wohl
größte Maler-Magier aller Zeiten wusste dabei
genau, was er tat. Er hinterließ eine Botschaft,
die jedermann sehen kann, der in diesem Raum
weilt. Und die genau deshalb keiner sieht. *Eine
Welt hinter der Welt.* Das Sichtbare als bestes Ver-
steck des Unsichtbaren. Hier steht der Mensch im
Mittelpunkt, seine Leidenschaften, sein Können,
seine Anatomie. Gott als kreativer Dominator,
als Künstler mit der größten Machtfülle, die der
Kosmos kennt. Der Macht des absoluten Willens
und zielgerichteten Wollens.

Nachts in Rom. Der Vatikan lag in statischer Ruhe, immer noch liefen Touristen über den Platz. Keiner von ihnen ahnte, dass es in dieser berühmten Tempelhalle der Papstwahl zu so später Stunde eine geheime Zusammenkunft gab. Diesmal gar mit zwei Päpsten. Doch das hoch-inoffizielle Treffen wurde weder von dem einen noch dem anderen Pontifex dieser Tage wortführend geleitet.

Sondern von Besorgnis, Angst und Verärgerung.

Besorgnis, weil es trotz der schlechten öffentlichen Meinung über Kirche und Kurie und der in diesen Tagen des modernen, auf Negativschlagzeilen erpichten Presse, genügend Kurien-kardinäle und beratende Theologen gab, die nur allzu genau um ein herrschendes Machtgeheimnis wussten:

Das wirkliche geistige Geheimnis der katholischen Kirche, dieses war, und das blieb für eine breite Öffentlichkeit undenkbar, un-denkbar im wörtlichen Sinne. Für die Masse der Gläubigen gab es eine Auferstehung des gekreuzigten Jesus nach drei Tagen. Es gab es Ostern, Hoffnung, den grausamen langsamen Opfertod am Kreuz, der alle erlösen solle. Dahinter aber gähnte ein Abgrund. Ein unauslotbar tiefer Schlund von Ungewissheit, Bangen, Angst. Angst zu sündigen und Angst vor dem ewigen Nichts. Angst, die Auferstehung zu verpassen und Angst vor dem ewigdunklen Danach.

Doch den wenigen Eingeweihten war klar:

Totsein heißt nicht lange nicht tot sein. Denn der Geist ist entscheidend. Und wer zu seiner Lebenszeit etwas für den Geist getan hat, statt für die Materie, der darf weiterleben. Geistig. Wie sonst. Geist bleibt.

„Zum Glück ist die Materie, das Haben und Raffen und Mehr-haben-Wollen bei der breiten Masse der Menschen entscheidend, niemals der Geist."

„Seien Sie nicht so zynisch!", so ein rotgewandeter Kurienkardinal.

Kardinal Vespa, der die zynischen Worte gesprochen hatte, stand auf. Er zitierte einen Satz aus dem Internet, während die entsprechende Seite auf einer Leinwand hinter ihm aufleuchtete, Meister Michelangelo und dazu ein moderner Beamer, das alles in der Sixtinischen Kapelle, man lebte eben in der Gegenwart.

„Der einzige Grund, warum der Körper so schnell stirbt, ist der, dass der Mensch glaubt, dass er dies müsse."

„Hm?"

„Zugrunde liegt lediglich der Glaube, dass dies so sei!"

„Glaube ist unser Kerngeschäft."

„Hm, hm", ringsum.

Ein seltsam wissendes, manchmal auch ver-
ärgertes, zumeist aber verstehendes Schnaufen
ging durch die Reihen. Einige der Würdenträger
waren wesentlich älter, als ihr offizielles Geburts-
datum aussagte. Nicht nur das. Steinalt waren sie,
in einem Alter mit biblischer, nämlich alttesta-
mentlicher Dimension. Sie wussten aus eigenem
Erleben um Zeitendehnung und um den Zeitgeist
der vergangenen Jahrhunderte, gar Jahrtausende.

Und sie wussten auch, warum. Sie wussten,
warum die biblischen Urväter tatsächlich Jahrhunderte alt wurden. Für die Außenwelt waren
diese greisen Kardinäle aber nicht mehr als „die
alten weißen Männer vom Vatikan".

Sterblich? Von wegen. Das Wissen um Unsterblichkeit ist alt, sehr alt.

„Brüder im Glauben, ihr wisst, wovon ich heute zu sprechen habe", Vespa konnte unglaublich
ernst werden.

Stille.

„Wir sind uns durchaus bewusst, dass vieles
nicht und niemals nach außen dringen darf, was
für uns selbstverständlich ist."

„Drum haben wir hier keine Frauen dabei."

Ein brasilianischer Kurienkardinal, der trotz des Amtes den schrägen Humor nicht verloren hatte, schrieb dies für einen farbigen Kollegen auf einen Zettel und brachte den Mitbruder aus Uganda zum glucksenden Lachen.

Vespa sah in die Richtung. Sein Blick war wie ein gefrorenes Flammenschwert. Heiß und kalt zugleich. Stille.

„Denken Sie an den wunderbaren Jesus-Satz: DIR GESCHEHE NACH DEINEM GLAUBEN.“

Vespa setzte die Brille auf und las aus der Schrift:

„Selbst wenn ihr zu dem Berg dort sagt: Heb dich hinweg und stürz dich ins Meer! So wird es geschehen.“

Dann erwähnte er den Zusammenhang von Glauben, gepaart mit angstfreiem Wissen um die Ohnmacht des sogenannten Todes. Und er sprach von der realen Kraft der Malerei, der Bilder. Er schloss:

„Ein Bild hat die Kraft von unzähligen Worten. Wozu lassen wir Kirchen ausmalen?“

Eisesstille. Beredtes Schweigen. Dann holte er aus:

„Was mir da aus Süddeutschland, aus Kreisen der 99er-Loge und der Brüder des Kopernikus zu Ohren kommt ...“

Räuspern.

„Ein Unbekannter hat den Untoten entdeckt. Im verfallenen Haus eines Maler-Magiers mit Namen Gabriel von Max, der im 19. Jahrhundert unser Wissen besaß! Unser Wissen! Und der über ein Beziehungsgeflecht von Künstlern, Darwinisten und Geistlichen *das nur für uns bestimmte Machtwissen* teilte. Der Untote aus Oberbayern ist eine Inkarnation. Der dies alles durch Übermut entdeckt hat, der ist vernichtet, treibt in den Weiten des Ozeans, aber das Wissen hat ab jetzt ein Leck."

„Undenkbar", ging es durch die Reihen. Undenkbar, wenn die Öffentlichkeit, die große Masse der Menschen keine Angst mehr hätte. Früher die herrliche Höllenangst, oh, wie gut war mit der zu herrschen. Jetzt die Angst vor dem Höllenvirus, immerhin. Man hatte sich solch schöpferische Mühe gegeben im Vatikan, Kirche öffentlich schlechtzumachen, gleichzeitig aber die Virologen, all die sogenannten Wissenschaftler, die alles taten, um das Opus Magnum der Angst vollenden zu lassen!

„Nicht mehr lange."

Das war einer des Papstduos Benedikt und Franziskus. Die Heilige Dreifaltigkeit im dritten

Jahrtausend hatte gesprochen. Benedikt, Franziskus, das Papstduo. Und als Ideengeber der Geist. Heilig oder nicht.

22

Das opulente Gemälde *Der Anatom* des Gabriel von Max. Für Kunsthistoriker ein bedeutendes Werk des Symbolismus, eine etwas schräge Art der Darstellung weiblichen Ausgeliefertseins und männlicher Dominanz, beherrschende Macht eben, die im Wortsinne von oben nach unten agiert.

Der stehende Anatom blickt auf die ausgelieferte liegende tote und immer noch begehrenswert schöne Frau herab. Absolutes Ausgeliefertsein durch Tod und das damit verbundene passive Daliegen. Provozierende Dominanz des Anatomen durch lebendiges, aktives Betrachten der Leiche, die selbst keine Leiche war, sondern eine Untote, erstarrt durch den bösen Zauber dieses Pathologen. Dessen Blick auf die Ausgelieferte, abschätzend und nachdenklich zugleich. Obwohl der Magier Max kein Kirchgänger war, sondern Darwinist – diese Darstellung von absoluter Dominanz gelang ganz im Sinne der Kirche.

Betrachten mit Energie. Energie folgt der Aufmerksamkeit und Aufmerksamkeit folgt der Energie.

Und dann der Nachtfalter.

Das Bild lebte, weil es, neben dem auf den ersten Blick erkennbaren Geschehen, DAS Geheimnis barg! Letztlich das Gralsgeheimnis.

Gral? Bislang, quer durch mittelalterliche Sagen, Mythen, auch sogenannte Geheimlehren auf eher altbackene Weise transportiert und weitererzählt:

Das Blut Christi, die Kraft des Lebens, des Überlebens, des Weiterlebens. Aber wie das Ersehnte erlangen?

Eine unlösbare Aufgabe quer durch Jahrhunderte. Romane vom Mittelalter bis zur Neuzeit, später Kino- und TV-Filme: der Gral als Stoff blieb unsterblich. Nun hatte man eine neue forensische Technik, die DNA-Analyse. Das Grabtuch von Turin, das Schweißtuch von Oviedo, der Heilige Rock von Trier. Alle wiesen dieselbe Blutgruppe und dieselbe DNA-Spur auf. Wenn schon klonen, warum nicht Jesus Christus persönlich!

Das Blut Christi hatte man durch die weltberühmten Reliquien, die in diesem Falle tatsächlich echt waren. Doch dass sie tatsächlich echt waren, das wussten nur die Obersten im Vatikan, sonst niemand. Sämtliche Zweifel über die Echtheit wurden seit Anbeginn von der Kirche selbst aktiviert. Zweifel schützt!

Und mit dem heiligen Blut und der neuen Technik des Klonens erlangte man ihn endlich. Den ersehnten Gral.

Tod ist nicht Tod, das sprechende Bild vom Anatom sagt viel zu viel.

Bedauerliches Murren ringsum bei dieser Feststellung in den Räumen der Sixtinischen Kapelle. Der Blick Kardinal Vespas bohrte sich fanatisch auf die Stelle hoch oben an der Frontwand, da Gottes Finger mit energetischem Willen die untilgbare Fackel des Lebens entzündet.

23

Eine Gruppe smarter Grundstücksmakler und Maklerinnen des hippen Immobilienbüros Ufer-Smaragd seufzte kollektiv auf. Nur Kunden der obersten Käuferschicht fanden hierher. Meist auf diskrete Empfehlung. Zurückhaltende Macht versprechende Geschäftsräume nahe dem Schloss Starnberg empfingen smarte Interessenten, die alten und neuen Reichtum mitbrachten. Ein typisch diskretes Institut, das auf die Edelregion Starnberger See, Ufergrundstücke, festgelegt war und damit mit einer Käuferschicht von geradezu überirdischen finanziellen und gesellschaftlichen Möglichkeiten bauen konnte.

„Hm!", ringsum.

Synchron fassten alle sich nachdenklich ans Kinn, die Nasen der Herren und zweier Damen wurden immer spitzer. Man hatte angestrengt nachzudenken. Nach langem Hin und Her war das verrufene Grundstück samt Villenruine des Gabriel von Max am Ostufer jetzt in ihre kommerziellen Krallen gelangt. Die Immobilie, längst als übles Geisterhaus verschrien, wies alles auf, was teuer ist und bleibt: Traumlage, Traumhistorie.

Traumhistorie? Eben nicht. Die Historie war von düsteren und bitterbösen Gerüchten durchwoben. Es hieß, hier ginge es um.

Das Unwort von der GEISTERVILLA machte längst die Runde. Bei den Medien, den Anwohnern, in üblen, aber wahr scheinenden Gerüchten, wie ein dunkles Leitmotiv: Geistervilla. Das klingt romantisch, ist aber ein miserables Verkaufsargument.

Die kruden Geister- und Gespenstergeschichten zogen sogar Touristen an, Neugierige ebenso wie esoterisch angehauchte Spinner. Die Schreckensmären sorgten in regelmäßigen Abständen für aufwühlende Zeitungsartikel. Andererseits: Ein immer noch berühmter Maler hatte hier gelebt und gewirkt.

Der Druck der öffentlichen Meinung stieg.

Und die jungen Makler und Spekulanten, alle mit glänzenden Abschlüssen in Wirtschaftsfächern, sie waren klug genug, um hinter dem Druck, der auf ihnen lastete, die eisige Entschlossenheit irdischer Machtinteressen zu spüren.

Immobilien. Spekulation. Auf und Ab der Preise. Dazu die unkalkulierbare politische Lage. Wie sollte man öko-sanieren in Zukunft? Welcher Energiekoeffizient? Wie heizen? Welche Wärmeart wäre in Zukunft angesagt? Wunderland des Anlegerhimmels hier am See? Früher, da hätte das gegolten. Paradies, beste Seelage, Repräsentanz. Aber nur für jene, die Kapital im Sinne von verfügbarem Spielgeld haben und investieren können.

Da die 99er-Loge überall in der Geschäftswelt ihre saugenden und zupackenden Tentakeln hatte und souverän zu gebrauchen wusste, spürten die kühlen Geschäftsleute plötzlich grobe Widerstände, egal wo und wie sie Geldtransfergeschäfte tätigen wollten.

Die führenden Kräfte der 99er-Loge hatten sich die Überredung der Herren und auch einiger smarter Damen des Maklerbüros Ufer-Smaragd dennoch viel schwerer vorgestellt. Jetzt machte die Geheimloge bald die Erfahrung, die sie seit Urzeiten zu machen gewohnt war:

Mit Geld und Hintergrundmacht, mit geistiger Entschlossenheit, der alle, wirklich alle Mittel taugen, ist nichts unmöglich. Der Dämon brauchte dann zum rechten Zeitpunkt den 99ern nur den entscheidenden Hinweis zu geben. Wozu waren sie allesamt bereit gewesen, ihre Seelen zu verkaufen, um den ewigen schwarzen Pakt zu schließen?

Auf der gegenüberliegenden Seeseite, ganz in der Nähe der Max-Villa, ging Professor Ziegen-

barth aufgeregt und aufgewühlt am Ufer entlang.
Immer auf den Tempel der Loge zu.

24

Der Großmeister saß allein in dem halbdunklen und hallenden Rundtempel, der vor kurzem der kalten Auslosung eines Menschenopfers Raum geboten hatte.

„Was soll ich tun?"

Heiser sprach er in den leeren Raum hinein und vernahm dann den dumpfen toten Nachhall.

Er sprach allein vor sich hin. In die Kuppel über ihm richtete er die Worte, die schon beim Aussprechen wie das eigene Echo klangen, aber er wusste:

Er war nicht allein.

Die unbehagliche Kälte zeigte an, da war jemand anderes zugegen. Der Dämon vernahm ihn nicht nur, er musste auf die Rede des Großmeisters reagieren. Denn auch der böse Geist hatte sich verpflichtet und musste seinen Teil des Paktes einhalten, aber nur, solange das Menschenleben von Professor Ziegenbarth andauerte.

Dann allerdings, dann würde *ihm, dem gewinnenden Partner des Paktes,* die Menschenseele gehören. Für immer.

Dämonenbeschwörung ist nicht gut für die Seele. Er wusste das, aber die Gier des Weltlichen hatte ihn längst im Würgegriff.

Es wurde kalt und heiß zugleich in dem Kuppelraum. Obwohl Großmeister Dr. Ziegenbarth ahnte und hoffte, der Ungeist würde sich zeigen, die lange Zeitspanne, in der nichts geschah, überraschte ihn. Aber es waren die Nerven, noch dazu gebar die Seele Ziegenbarths, nunmehr jeder Ruhe beraubt, dieses unbeherrschbare Zittern. Seine Seele war und blieb verkauft. Der Dämon hatte schon vor Jahren Besitz ergriffen.

Das erfahrene Geistwesen hielt ihn absichtlich hin. Quälte ihn mit dem Faktor Zeit. Geister sind Raum-Zeit-Wesen. Die Zeit verstrich, zu Ungunsten des Verdammten und zu Gunsten des Dämons. Dämonen waren immer schon hervorragende Taktiker. Bei Treffen der Wirtschafts- und Bankenelite kann man deren Einflüsse recht gut erkennen. Die Zeit wird als Machtfaktor eingesetzt.

„Ziegenbarth!"

„Ja?"

Der machtgewohnte Chefarzt, gewöhnt, dass alle auf seine Anweisungen und auch Launen reagierten, war nun selbst der Abhängige.

Sein Ja kam nicht aus der Brust, sondern nur aus der Kehle, hatte etwas Stimmloses, gar Unterwürfiges in der Aussprache.

„Höre", sagte der Dämon knapp, „zwei Dinge habt ihr zu tun, du und dein Club, und das augenblicklich! Zum einen: Beseitigt den Untoten aus der Ruine der Max-Villa."

„Ja."

„Und zum zweiten: Beseitigt das Bild *Der Anatom* aus dem Lager der Pinakothek. Vernichtet es alsdann! Zerstört es bis auf seine Moleküle! Denn wenn sich der Nachtfalter bis zu dem Gesicht des Mädchens bewegt haben wird ..."

„Ja?"

„Dann seid ihr erledigt."

„Erledigt", echote Ziegenbarth tonlos.

„Genau das", so der Dämon.

Da wagte Ziegenbarth dennoch eine Frage mit dem Mut der Verzweiflung:

„Der Untote in der Villa? Das Bild? Warum ist das alles so aufwühlend und wichtig, auch für die Welt des Fürsten der Finsternis?"

„Lazarus!"

„Lazarus?"

„Lazarus, richtig", meinte der Dämon, in seltsamer Laune, Wissen preiszugeben. Viellicht trieb ihn die schlechte Laune dazu an.

„Lazarus?", wiederholte der Arzt.

„Lies nach im Neuen Testament. Drei Tage Todesschlaf, Auferweckung, Einweihung, Weiterleben. Genau wie bei Jesus dem Gekreuzigten später. Vom Tod zum Leben. Geheimnis des

Weiterlebens, wenn man weiß, wie. Das müsste dir als Logenoberer doch geläufig sein?"

Ziegenbarth stand starr, hörte nur die Hälfte, mehr tot denn lebendig. Oh weh! Auf was hatte er sich da nur eingelassen!

Der Dämon ließ ihn allein.

In einem Auslagerungsdepot der Neuen Pinakothek war das monumentale Bild *Der Anatom* inzwischen aufgehoben. Fachgerecht stand das Kunstwerk senkrecht in einem Aluminiumgestell, ideal temperiert, bei konstanten Feuchtigkeitswerten. Und alles im Halbdunkel.

In dem Moment, da der Dämon bei Ziegenbarth ausgesprochen hatte *„Dann seid ihr erledigt"*, da rückte der Nachtfalter wieder ein Stück nach links, auf das Gesicht der schönen untoten Toten zu.

25

Tatsachen haben zumeist etwas so herrlich bösartig Unverrückbares.

Und Teufelspakte besitzen als Markenzeichen das ehern Unausweichliche. Das Zeitlose. Sie gelten ohne Ausreden für die Laufzeit, die heißt allerdings Ewigkeit. Seltsamerweise gelten gerade hier teuflisch ritterliche Tugenden! Bund, Bundestreue, Treue und Gefolgschaft jeder Art, vor allem die klassischen Kaufmannstugenden sind bei Dämonenabschlüssen üblich. Ja, sogar Ehrlichkeit!

Gelogen und betrogen wird im Vorfeld, bis es zum Teufelsbund kommt.

Dann aber werden Bünde eisern gehalten, sie müssen gehalten werden. So gesehen, sind Dämonen, Teufel und Unterteufel auf ihre bizarre Weise anständig. Sie werden aber unberechenbar böse, wenn Liebe den Vertrag ins Wanken bringt. Liebe, das Einzige, was Dämonenpakte ins Wanken bringen kann! Doch davon später.

Versprochen wird bei der Werbungslüge alles Irdische. Geld, Gold, Glanz, Gloria, Geltung. Und übrigens auch gehalten. Von der unauslotbaren Weite des Danach, den Zwischenwelten ohne Seele, da wird nichts gesagt. Blendwerk, schöner Schein, Macht. Dann aber gilt der Pakt. Unverrückbar felsenfest. Für Gottesgläubige, da gibt es Gnade, Vergebung, Rückwege, Auswege, Wunder gar. Selten aber für Menschen, die einem Dämonenpakt eingegangen sind und das Lieben verlernt haben.

Er, Dr. Ziegenbarth, hatte den unauflöslichen Bund vor Jahren gewollt. Nicht nur das, er hatte, um sein irdisches Anliegen von Macht, Erfolg und Reichtum zu bedienen, auch andere zum Pakt mit den 99ern überredet. Und damit zum ewigen Kontakt mit Dämonen.

Daraufhin war seine medizinische Karriere wie von selber gelaufen. Schon der junge Medizinstudent Alf Ziegenbarth ließ die kommende Karriere ahnen. Die richtigen Fragen bei Prüfungen, ein gesonnener Doktorvater, schnell geknüpfte wichtige Beziehungen, das Ausstechen von Konkurrenten, wie von fremder Hand gesteuert. Und immer die richtige Frau an der Seite.

Sogenannte Kunstfehler mit verheerenden juristischen Folgen machten nur die anderen. Wenn ihm solches passierte, mussten andere dafür geradestehen. Hervorragende, wenn auch zwielichtige Kontakte zur Pharmaindustrie. Auch unerwartete Todesfälle, die ihm sehr zugute kamen, schließlich der freiwerdende Chefarztposten ... Dazu echte Heilungserfolge! Der Teufel hat ausgewiesenes Wissen um Heilung und um Medizin.

Und, obwohl Alf Ziegenbarth kein Virologe war, sondern Chirurg, er wurde ein gefragter Gast in Talk-Shows zum Thema Corona-Pandemie im Jahre 2020. Sein fehlendes Wissen zur Sache überspielte er mit Charisma und dem enormen Einfluss der Macht hinter ihm. Er wirkte vertrauenswürdiger als alle anderen sogenannten Fachleute. Und sein Thema war und blieb das gezielte Verbreiten der Volksangst. Oh ja, das konnte er, der Dämon war ein blendender Lehrmeister.

Und jetzt das. Nein, es blieb keine andere Wahl.

Zigenbarth musste es persönlich tun. Eine bittere Erfahrung, die neu für ihn war. Nämlich etwas Unangenehmes selber angehen und hinter sich bringen. Gewohnt war er, seiner Stellung geschuldet, ganz anderes: Delegieren, anschaffen, herrschen.

„Oberarzt Sowieso, erledigen sie das. Übermorgen liegen die Ergebnisse auf meinem Schreibtisch!"

„Selbstverständlich, Herr Chefarzt!"
Anschaffen.
Niemals fragen, warum. Tun. Den menschlichen Ansinnen, Nöten und Hoffnungen der

Untergebenen mit Distanz und Kälte begegnen. Selten loben, andere im Ungewissen lassen. Macht durch Angst. Im Privatleben war er nicht anders. Irgendwann die dritte Ehe. Doch der Dämon hinter ihm versorgte ihn weiterhin, hier auf Erden. Weiter durfte er den Wahn der Macht ausleben.

Doch jetzt hielt ein weit überlegenes Wesen Namens Satanael, ein Dämonenfürst, der selber Macht durch Angst ausübte, das Ruder des Handelns fest in der Hand.

Ziegenbarth wählte eine Vollmondnacht Anfang Mai. Die Nacht zum 1. Mai. Die Walpurgisnacht.

26

Wenn der Vollmond nicht von Wolken verdeckt ist, fällt ein geradezu unwirklich weißhelles Licht auf die Welt. Alles in dieser Nacht war gut zu erkennen, Häuser, Landschaft, schließlich das spiegelglatte Wasser des lautlos daliegenden Sees, der auf seiner glatten Oberfläche die Lichter das Himmels wiederholte.

Ziegenbarth trug wie immer Schwarz. Selbst zu einer Abendgesellschaft wäre er in dem Aufzug korrekt gekleidet gewesen. Obwohl es in dieser Nacht nicht besonders kalt war, hatte er über dem korrekten Anzug eine elegant wehende Pelerine geworfen.

Er parkte das Auto, einen silbergrauen Jaguar mit cremefarbenen Ledersitzen, auf einer schmalen Parkfläche von Ammerland, unweit des Dampferanlegesteges, der seit geraumer Zeit nicht mehr angefahren wurde. Dann schnaufte er hörbar durch und ging an der Seeleiten entlang, immer Richtung Süden. Das nicht zu lange Stück bis zur Max-Villa brachte er zu Fuß hinter sich. Kein Laut zu hören, außer den Absätzen seiner sündteuren Herrenschuhe.

Die gepflegten Villen der Starnberger-See-Villen-Kultur, wie sie aufwändig fotografierte Prachtbände zieren, lagen schweigsam im fahlen Licht der weißen runden Scheibe am Himmel. Am hellen Tag boten diese gepflegten Anwesen den Postkartenblick von altem Seevillen-Reichtum. Zumeist waren die historisierenden Uferbauten von bekannten Architekten der Jahrhundertwende entworfen, sie zeugten von Geld, Grundbesitz – und von Stil zugleich.

Selten, dass ein Fenster von innen her Helligkeit zeigte. Auf der gegenüberliegenden Seeseite spiegelten sich Lichter im Wasser und es jaulte ein Hund, klagend wie der Wolf in Dracula-Filmen. Hinter schwarz-dunklen hohen Hecken ruhte die Ruine der ehemaligen Villa des Malerfürsten Gabriel von Max.

In dieser klaren Walpurgisnacht hatte Dr. Ziegenbarth eine Vision:

„Arnold Böcklin, Toteninsel!",

so schoss es dem Arzt durch den Kopf.

„Seltsam, dieselbe morbide Stimmung. Lebendiger Totentanz ringsum."

Und da er immer schon Kunstliebhaber war, ging ihm durch den Kopf, das Jahr 2020 und der Totentanz mit der Pandemie – es passt perfekt zu Böcklins Toteninsel.

Sein kalter Humor, dem jede menschliche Wärme fehlte, verließ ihn auch jetzt nicht. Er scherzte mit sich selbst, um der Situation und dem, was er gleich tun sollte, mental Herr zu werden. So irdisch und machtbesessen er ansonsten war, Kunst hatte ihn immer interessiert. Doch dafür war jetzt nicht die Zeit.

War das nicht ein Geräusch! Das hörte sich an wie ein Klagen aus dem Inneren der Villenruine. Egal. Er musste hinein in das verwunschene Anwesen, ob er wollte oder nicht.

Die Lücke in der Hecke der Gabriel-von-Max-Villa kannte er, die Spur des letzten Einbruchs fiel hier nicht weiter auf und wurde auch geflissentlich totgeschwiegen.

Erst auf der Innenseite des Grundstückes knipste Ziegenbarth seine Taschenlampe an und dämpfte sogleich das Licht mit der hohlen Hand. Er befand sich im Halbdunkel, in einer irritierenden Mischung aus fahlem Mondlicht und nächtlichen Schatten von undurchdringlichem Schwarz. Denn das Licht des Erdtrabanten war in dieser wolkenlosen Nacht so hell, dass bizarre schwarze Flecken entstanden. Wie Gespenster huschten und sprangen diese Mondschatten durch den Garten. Und dazu kam der Modergeruch eines seit Jahrzehnten ungepflegten Anwesens.

Da!

27

Die Tür stand offen, entweder angelehnt oder aufgebrochen vom letzten Einbruch. Schnell befand er sich im Inneren. Er ließ den Lichtkegel der Lampe über die ausgeräumten Zimmer huschen, fand bald auch die ehemalige Küche.

Dort! Das war die Stelle. Der morsche Holzboden. Er sah genau die herausgestemmten und notdürftig wieder zurückgelegten Planken.

Hier musste er liegen. Der Anatom des Max-Gemäldes, der vor einem Jahrhundert zum führenden Mitglied der 99er-Loge wurde.

Ziegenbarth hatte als Chefarzt viel gesehen. Der Anblick von Toten, das Vorbeirollen einer Bahre mit weißem Laken, das auch ein Gesicht bedeckte, all dies war ihm vertraut. Und lies ihn kalt.

Hier aber! So eine der Welt entrückte Seelenkälte. Da schauderte selbst ihm.

Dennoch, wenn nicht jetzt, wann dann!

Er stemmt eine feuchte Bohle aus dem Küchenboden. Verrostete Nägel gaben ein schrilles Kreischen von sich. Dann die nächste halb vermoderte Bodenplanke. Das klagende Ächzen morscher Materie. Und!

Da lag er. Der Anatom.

Unverkennbar! Die spitze, fast dreieckige Nase, eine Strenge uralten Geistesadels. Doch war das Zwischenweltwesen weder tot noch untot. Sondern sehr lebendig. Er setzte sich hoch, sodass die ausgestreckten Beine und der Oberkörper einen rechten Winkel bildeten. Sogar in dieser Situation beachtete der Untote die stumme Symbolsprache der Freimaurerlogen.

„Gut so", sagte das Gespenst tonlos. Der Blick narkotisierte.

„Wie bitte?"

„Kollege, du wirst mich jetzt ablösen."

„Ähm?"

Zu mehr Geräuschen, geschweige Worten war Ziegenbarth nicht mehr fähig. Die Kehle blieb zugeschnürt, seine Aussprache blieb stimmlos.

Er verstand nicht sofort, was der Anatom meinte, dann senkte sich eine bleierne Willenlosigkeit über ihn, gleich der Narkose, die seine Patienten vor Operationen der Wahrnehmung enthob, der große Schlaf ohne Erinnerung. Dann aber lag er selbst, starr und fahl, in der kühlen modernden Bodennische.

Der Anatom war seit diesen Augenblicken in dunkler Nacht endlich erlöst! Wie lange hatte er warten müssen! Er ging zufrieden von dannen und macht sich nicht einmal die Mühe, den Boden wieder abzudecken.

„Intelligenz ist gut, aber Habgier und Machtbesessenheit sind besser für uns." Der Anatom schmunzelte und sah für den Moment genauso aus, wie dereinst der Malerfürst Gabriel von Max ausgesehen hatte. Recht lebendig. Sogar lebensfroh, pfiffig und ironisch.

Er sah nicht nur so aus.

Er war es.

28

„DIR GESCHEHE NACH DEINEM GLAU-
BEN."

Die beiden Päpste des beginnenden 21. Jahrhunderts hatten sich nach der geheimen Unter-
redung in der Sixtinischen Kapelle in Gemächer
zurückgezogen, tief unter dem Hauptaltar und
unweit des Petrusgrabes, in uralte Gewölbe be-
gaben sie sich, hallende und jahrhundertfeuchte
Gruften, von denen eine breite Öffentlichkeit
niemals erfahren durfte und erfuhr.

Man war trotz des Ernstes der Lage in launiger
Stimmung.

„Gut, dass ich mich vor Jahren zurückgezogen
habe", meinte da der Ex-Papst, ein Niederbayer
von schier unglaublicher Intelligenz. Das offizielle
Alter der Herren, die bei öffentlichen Anlässen
zumeist leuchtendes und wallendes Weiß trugen,
diese offiziell bekannt gegebenen Altersangaben
belustigten beide.

„Oh Gott. Fake News", meinte dann einer von
beiden und versuchte es auf Lateinisch.

Immerhin sprach er dabei das Wort Gott aus:
Gott?

Der sah vom Himmel aus das Treiben im Vatikan mit kreativer Skepsis und schwieg lieber.

Die Fehler des Alten Testamentes, strafendes wütendes Eingreifen und anschließendes Vernichten, all das wollte er nicht wiederholen. Jesus, Maria, auch der Heilige Geist hatten lange auf ihn eingeredet, dass er sich das rüde Auftreten des Alten Testaments nicht mehr leisten konnte, um als liebender Gott durchzugehen. Und Gott war lernfähig, mehr als die von ihm geschaffenen Wesen dort unten.

Und irgendwoher wusste er, dass letztlich das Gute siegte. Wieder der positive Einfluss seines Sohnes auf ihn. Das brauchte allerdings Zeit.

Logenbrüder, vor allem Hochgrade, sie gehören, was das Gute betraf, nicht dazu.

Das sogenannte Lebensalter von Päpsten, auch von führenden Köpfen dunkeldeutscher Vergangenheit, so wie es die abhängigen Medien vermeldeten, es stimmte nie. Überhaupt nichts hatten diese offiziell bekannten Geburts- und Sterbedaten der Päpste mit deren wirklichem Alter zu tun.

Eigentlich spielten Zeit und Alter für die Eingeweihten der 99er-Loge keine Rolle, denn sie wussten, man bräuchte nur in die Hülle eines anderen zu schlüpfen. Das kuriose Papstduo weilte wesentlich länger schon auf Erden, so wie zahllose Päpste, Politiker, Denker, Tyrannen und zumeist Genies vor ihnen es getan hatten und weiter tun. Und alle wussten, warum.

Sie gebrauchten Telefone, Handys und Smartphones höchstens für Pressefotos. Jedoch kommunizierten sie auf vollkommen andere und damit auf uneinsehbare sowie unabhörbare Weise. Frei von jeder Technik und damit frei von Abhängigkeit und Abhörbarkeit. Und frei von Erpressbarkeit.

Durch Gedanken kommunizierten sie und durch enorme, für Durchschnittsmenschen unvorstellbare Willenskraft.

Und da sie sich selbst weitergeben konnten, tot, untot, wieder lebendig, je nach Weltenlage, reichten sie auch die entsprechende Information weiter. An solche, die Ohren hatten zu hören. Sie waren auch von keinerlei Logen abhängig. Von keinen Hochgraden, von niemandem. Dass Gott über ihnen agierte, das ignorierten sie.

Die Loge im Geiste stand und steht über allem. Dachten sie.

„Der Untote in der Max-Villa nahe Starnberg wird zum Problem, zur Katastrophe", so der bayerische Papst.

„Jetzt ist er wieder unterwegs, er hat den eitlen Chirurgen in der Küchengruft der Max-Ruine versenkt", so der Brasilianer-Papst, der als Frontman öffentlich auftrat.

„Da hat er es schön ruhig."

„Bleib ernst."

Wieder der schräge Humor der Eingeweihten.

„Aber alles hat zu viel Staub aufgewirbelt!"

„So ist es!"

„Wir müssen, um alles in der Welt, das magische Gemälde beseitigen lassen. Das von Bruder Gabriel Max, den *Anatom*. Denn dieses Gemälde kann sich verändern und damit eine Botschaft verraten."

„Ja! Bislang wusste nur Oscar Wilde von dem Geheimnis magischer Bilder, die ins reale Leben eingreifen können."

„Dorian Gray, wie wahr."

„Wäre auch etwas für dich", sagte da, mit frechem Grinsen, der eine alte Papst zum anderen Greis in Weiß.

„Verjüngung? Wozu denn?"

Dann tranken sie köstlichen Wein. Für eine halbe Stunde schaute auch der legendäre 33-Tage-Papst vorbei.

„Du kannst gerne dableiben, aber rede nicht wieder von deiner sogenannten Ermordung!"

„Na gut."

Dann, so gegen ein Uhr in der Nacht, zogen sie sich in ihre Schlafgemächer zurück. Der schwere Wein, ohne Jahreszahl auf dem Etikett, ließ alle drei in einen todesähnlichen Schlaf fallen.

Den Zustand ‚todesähnlicher Schlaf‘, den kannten sie nur allzu gut.

29

Der Anatom schlenderte gemessenen Schrittes an der Seeleiten entlang. Nachdem er das Grundstück des Malers, Magiers und Logenbruders Max verlassen hatte, hielt er inne und staunte über den erbärmlichen Zustand der ehemaligen Künstlervilla.

Keiner sah ihn zu dieser Zeit und zu dieser Nachtstunde. Der Vollmond war inzwischen gewandert, hatte die Position am Himmel ebenso verändert wie der Nachtfalter auf dem Gemälde, das ihn selbst, den Pathologen, zeigte, ein untotes helles Mädchen betrachtend.

Er schlenderte erst ein Stück in südlicher Richtung, erkannte viele Fassaden der edlen Anwesen aus seiner damaligen Erdenzeit.

Seiner Zeit? Er dachte nach über das Wort seinerzeit. Sein und Zeit? Kann man Zeit besitzen?

Da hatte er wieder die Gesichtszüge des Malers Gabriel von Max.

Dann drehte er auf dem Absatz um und schritt in nördlicher Richtung auf Ammerland zu. Die ruhig im See gespiegelten Himmelslichter brachten ihn erneut zum Sinnieren. Er legte die linke Hand an das Kinn und barg dieses zwischen Daumen und Zeigefinger. Wieder war er ganz *Der Anatom.*

Und seine Gedanken gewannen Fahrt:

– Der Germanen-Orden! Die 99er-Loge! Später die Thule-Gesellschaft! Der jeder Öffentlichkeit völlig unbekannte geistige und okkulte Kern des späteren 3. Reiches! Unser Wissen um Seelenwanderung, um Besetzung anderer Körper und Persönlichkeiten! Wie leicht es ist, Machthungrige für eine dunkle Sache zu gewinnen – Seelenfang für immer! Dann das Wissen um Energieraub quer über Generationen durch gezielt angewandte Grausamkeiten! –

So sehr trieben ihn die Gedanken voran, dass auch sein Schritt sich beschleunigte.

– Wenn die Menschheit wüsste! Warum ist das 3. Reich lebendiger denn je? Keiner ahnt es! Trotz der hohlen Nie-wieder-Phrasen. Alles geht weiter, nur eleganter und mit anderen Vorzeichen. Keiner nimmt ernst, was da gegenwärtig im politischen und sozialen Alltag abläuft! Was ab den Nullerjahren an Realpolitik und Massensteuerung von uns Untoten umgesetzt wird! –

Er grinste in die kalte Nacht hinein.

– Sogar aktuelle Wahlergebnisse, Polittrends, das, was die Medien Rechtsruck nannten. Der Plan erfüllt sich. –

Uraltes Wissen der 99er-Loge.

Erfüllung des großen Planes. Des Opus Magnum. Der Virus, der untilgbare Virus der Macht! Das Tausendjährige Reich heißt nicht umsonst tausend-jährig. Es lebt, wir leben. Tot sein bedeutet Leben.

Er ging versonnen am See weiter, bis er sich in nichts auflöste.

30

Gedankenkraft! Ohne Technik, ohne Aufwand.

Irgendwo auf der Welt dachte ein Genie des Bösen, dessen historisches Bild die gesamte Welt kannte, angestrengt nach. Sein Bildnis des wirren Wollens kannte jeder. Markenzeichen des mensch-gewordenen Dämons, fanatischer bannender Blick und viereckiges Oberlippenbärtchen, Stirn mit schrägem Haarschopf als unverkennbares Alleinstellungsmerkmal, dazu die kehlig-gurrende Stimme mit österreichischem Anklang:

„Recht hat er, der Bruder in Süddeutschland!"

Denn er konnte die Gedanken anderer zeitgleich mitlesen. Ein Geheimnis der 99er-Loge.

Dann nahm der Mann mittleren Alters, im eleganten grauen Flanell gekleidet, die Financial Times wieder hoch und freute sich über die Entwicklungen der letzten Wochen und Monate.

Er stand auf keiner Fahndungsliste, wurde weder gesucht noch verfolgt. Dennoch galt er als bedeutendster Verbrecher, mindestens seines Jahrhunderts. Als er zu müde zum Lesen war, schaltete er den Flachbildschirmfernseher ein.

Ein warmes Lächeln huschte über das Führergesicht, ein Lächeln, das zu seinen Lebzeiten recht selten war:

„Auf mindestens drei Kanälen läuft *Hitler, Drittes Reich, Die Baumeister* oder *Die Frauen des Führers.* Oder ähnliches."

Ein Lächeln mit heruntergezogenen Mundwinkeln folgte:

„Mehr positive PR geht nun wirklich nicht."

„Gestern war auf ntv wieder ein Eva-Braun-Film, strahlte die dralle Blondine, die soeben mit schwingendem Rock den Raum betrat. Sie reichte dem Antialkoholiker ein Glas Tee und dazu feines Gebäck. Er sah an dem Strahlen ihrer hellen Augen, dass sie ihn vergötterte.

„Meine Lieblingssendung ist *Das Ende des Führers,* bemerkte er belustigt. Er strahlte nun:

„Die Handlung begeistert mich. Wir beide haben noch schnell geheiratet und dann gemeinsam den gewaltsamen Schlussstrich gezogen. Doppelselbstmord. Sogar einen Kinofilm gibt es über den vermeintlichen Untergang. Handlung im Führerbunker, die letzten Tage, der so genannte Untergang, haha."

„Sag lieber: Der Anfang!"

Die blauen Augen der Frau strahlten noch mehr. Eine sehr weibliche Frau, die ihren Mann bedingungslos anhimmelte, wenn nicht vergötterte, seines unglaublichen Charismas wegen und auch wegen seiner zeitlosen Macht.

„2019, da jährt sich der Überfall auf Polen", sagte der Mann mit unnachahmlicher Kehlkopfstimme und dem rollenden R.

„Dann werden die Sendeanstalten wieder tüchtig Reklame machen für unsere Sache."

„Und eine Dokumentation nach der anderen werden sie senden, immer unter dem Vorwand Gegen-das-Vergessen."

„Von wegen vergessen. Sag lieber erinnern, neubeleben", gluckste die Blondine.

„Erinnerungskultur, herrlich, das wäre nicht einmal dem Propaganda-Josef eingefallen", schnurrte der Mann belustigt und kraulte den Schäferhund zu seinen Füßen.

„Und die Idee mit dem Virus, dem Logo, das unser Zeichen ablösen wird? Die Kugel mit den Noppen, der magische Teufelsbazill?"

„Das hat Zeit!", so der Mann mit dem Schäferhund. Er kraulte erneut das zufriedene Tier.

„Die Nachkriegszeit wird lange dauern, und keiner ahnt, was wir noch alles vorhaben!"

Er lehnte sich zufrieden zurück und schlief ein, die Zeitung auf dem Schoß. Friedlich lag er da in herrlichen Träumen von Allmacht und Weltherrschaft, ganz so wie seinerzeit im Lehnstuhl auf dem Berghof, mit dem Postkartenblick durch das breite Panoramafenster hinüber zum

Untersberg, der nun wieder begonnen hatte, schwarze Erfüllungsenergie der Macht auszusenden.

31

Frischmuth. An dem blieb nun alles hängen.
Der Vatikan saß ihm im Nacken. Man besaß
dort genügend Mittel und Wege, ihm den un-
ausweichlichen Druck spüren zu lassen. Kirche
ist so herrlich durchorganisiert und hat überall
ein lückenloses Netz gespannt. Die bekannten
Gotteshäuser mit Kirchturm, der zugleich Sende-
turm ist. Das genial ausgeklügelte Nachrichten-
system, das die Gläubigen ohne deren Wissen
im ständigen Blick hat. Das flächendeckende,
schwingungstechnisch so gut durchdachte Glo-
ckenläuten. Im internen Bereich sagte man statt
Kirche lieber örtliche Schaltzentrale. Kurz, eine
geistige Krake mit hoher Intelligenz, Tentakel
mit mentalen Saugnäpfen überall.

Das Insekt der Dunkelheit.
Der verdammte und nochmals verdammte
Nachfalter auf dem Gemälde. Das war eine Ma-
rotte des damaligen Malers und Magiers Gabriel
von Max. Ein Bild zu malen, das für die breite
Öffentlichkeit und die Kunstwelt seiner Zeit
der gängigen Mode des Sehens und Empfindens
entsprach. Ein provozierendes und zugleich pa-
ckendes Gemälde, das unausgesprochene Ängste

und Seelenabgründe erkennt und ohne Rücksicht auslotet. Dekadenz, Abhängigkeit, männliche Dominanz, Todessehnsucht, dazu Motive des Symbolismus. Und vieles Okkulte mehr.

Vor allem *Die schöne Tote,* ein spätromantisches Motiv, das dann im 3. Reich beliebtes Filmthema werden würde. Vor allem dann, wenn die Schöne ins Wasser ging. Reichswasserleiche als geflügeltes Wort damals.

Das Geheimnis des Max-Bildes, das den nachdenklich sinnierenden Anatom und das Mädchen darstellte, dies schockierende Geheimnis der absoluten Macht aber lag ganz woanders:

Beim Insekt der Dunkelheit.

Im Nachtfalter zu Füßen der dargestellten Leiche, ein Insekt des fehlenden Lichtes, das zum Leben erweckt wurde, wenn es an der Zeit war. Ebenso wie die Untoten Brüder der 99er-Loge für einen teuflischen Bund ihre verkauften Seelen weitergeben konnten oder mussten. Der Nachtfalter war ein Schläfer, ebenso wie der Alte im Untersberg, der auf die Erfüllung der Zeit wartete.

Der Falter! Er war keineswegs nur zufälliges Detail im Bild, sondern ein schlafendes Machtsymbol. Symbole aber haben Kraft. Unglaubliche, auch unendliche Kraft. Das behaarte Flügeltier lebte nachtaktiv als Dunkeltier. In der Nacht eben. Im Verborgenen, so wie das kommende Virus der Angst.

Die unglaubliche, allerdings nur weltliche Macht der Loge, eine Macht, die für Außenstehende unsichtbar blieb, lag nicht zuletzt in der Anonymität. Im Dunkeln. Und man hatte als Hebel die Angst der Menschen. Angst im Leben und Angst vor dem Sterben. Und noch mehr Angst vor dem Totsein.

Alte Höllenvisionen hatten ausgedient, aber die schreckliche Ungewissheit eines Was-Dann", wie sie moderne Wissenschaft lieferte, die war noch brauchbarer. Aber eben: Alles musste intern bleiben, wirklich geheim.

Seltsamerweise dachte Frischmuth, der den Druck spürte und handeln musste, erst an Hitler, dann an Jesus.

„Merkt denn keiner, wie real und sichtbar das untote Weiterleben eine Alltagsrealität ist? Wer populär ist, lebt. Egal wie lebendig oder tot, wie gut oder böse in der öffentlichen Wertung. Hauptsache, man ist da."

32

„Der Mensch, den man kennt, der für die Masse präsent ist, ob lebendig oder tot, – der lebt! Weil er Energie absorbiert, weil er die Aufmerksamkeit auf sich zieht. Ist Marilyn Monroe tot oder lebendig? James Dean? Elvis Presley? John Lennon? Richard Wagner? Sie saugen weiterhin Aufmerksamkeit auf sich, und damit Lebenskraft."

Er drehte die Augen verzückt nach oben.

Der Anruf aus dem Vatikan riss ihn aus solchen Gedanken.

Und die Drohung am anderen Ende der Leitung war eindeutig und schrecklich.

Anatol Frischmuth erkannte die hohe Fistelstimme des bayerischen Ex-Papstes sofort. Dessen stets höfliche, immer zurückhaltende Art, messerscharf und präzise zur Sache zu kommen, wirkte umso verheerender.

Der Heilige Vater im vermeintlichen Ruhestand bezog sich auf Bibelstellen von so furchtbarer Eindeutigkeit, dass Frischmuth glaubte, der Lebensfaden werde ihm langsam und quälend aus dem Leib gezogen. Zumeist waren es Bilder der Apokalypse, denn Bilder sind Macht. Vielköpfige Hydras, Drachen, ausgegossene Schalen des Zornes, Posaunenschall und gehörnte Unwesen: Bilder! Bei innigem Lesen sogar Klangbilder.

Wie zufällig kam der Mann aus Rom dann auf das Bild zu sprechen, um das es ging, das Bild des Malers Gabriel von Max, das Gemälde vom Anatom.

„Ein Gemälde nur, gewiss!"

Die Stimme aus Rom würde noch höher, als sie schon war: „Aber dies Imago kennt das Geheimnis des Weiterbestehens. Nicht für Bilder, sondern für Menschen."

Kleine Pause.

Frischmuth hörte auf zu atmen vor Spannung, welche Worte nun folgen würden.

„Und die Geheimhaltung unseres Wissens ist ab jetzt nicht mehr sicher. Egal ob für Kirche, Antikirche, Logen, welche Machtblöcke auch immer."

Pause. Dann, fast singend, mit enormer, geradezu femininer Gütigkeit:

„Sie, Professor Frischmuth, Sie können das Bild verschwinden lassen. Man kann sich auf Sie verlassen. Denn! Es steht unseren Plänen der kollektiven Angst im neuen Jahrtausend im Wege!" Als Abschluss kamen singend die Worte, Frischmuth konnte es kaum glauben:

„Gott segne Sie!"

Eingehängt.

Alles, was der Mann aus Rom nicht gesagt hatte, die schreckliche Drohung, die nicht nur Frischmuths irdisches Leben, sondern auch dessen dem Dämon verpfändetes ewiges Uneben betraf, der gütige zynische Singsang der Vernichtung, all dies nahm dem erfolgreichen Kunstgeschichtler und Kurator bekannter Ausstellungen die Atemluft.

Frischmuth saß da, kalkweiß wie die Wand. In dieser Zwischenstimmung sprach ein Wesen zu ihm. Dämon oder Himmelsbote? Die Gesichtsfarbe kehrte zurück, er sah das Licht am Horizont.

Als Dr. Anatol Frischmuth sein fahles Bild im gegenüber aufgehängten Spiegel gewahrte, da war es das Antlitz des Malers Gabriel von Max. Lächelnd, aber in dem Lächeln lag schwelende Arglist. Und ein dräuender Befehl.

33

Der Anatom genoss den nächtlichen Spaziergang entlang der Seestraße bei Ammerland. Am gegenüber liegenden Ufer spiegelten sich helle Fenster wie taumelnde Punkte, Zwischenwesen und Irrlichter tanzten sanft auf dem unbewegten Wasser.

Sein Werdegang war der eines strebsamen Naturwissenschaftlers. Vollkommen der strengen Logik, der Wissenschaft und dem Wissen der Medizin und Anatomie verschrieben, von einem gründlichen Universitätsstudium mit Abschluss summa cum laude als Dr. med. geprägt, dazu den Gedanken der Aufklärung und damit der Logen verfallen, so war er vom Wesen her alles andere als ein Schwärmer.

Dem arrogant-selbstbewussten Geistesgut Darwins verschrieben, betrachtete er Schöpfung als eine Logik der reinen Auslese, den Menschen als logisch konsequenten Entwicklungssprung nach dem Affen. Bibel und Genesis blieben peinliche Ammenmärchen für ihn. In seiner ersten Zeit als junger Mediziner, da er in der Anatomie von Ingolstadt diente, war ihm die Schaffung eines künstlichen, nur von ihm angestifteten Lebens vorgeschwebt. Aber wie?

Er war nicht Gott!

Diesen entscheidenden, auch erlösenden Gedanken konnte er nicht denken, da er nicht an einen Schöpfer glaubte. Sondern an die Wissenschaft, den Logos – und allem voran an sich selber. Mary Shelleys *Frankenstein* gehörte immer schon zu seiner Lieblingslektüre.

Aber bereits bei der Fertigstellung des Bildes hatte der Maler-Okkultist Gabriel von Max die Seele des Chirurgen gebannt, mit Magie vollbrachte der Künstler das, hatte malend von des Arztes Seele Besitz ergriffen. So dass sich der Okkultist Max und der medizinisch geschulte Pathologe immer mehr angenähert hatten.

Trotz seiner sachlichen Denkweise war der Anatom, den es zur Zeit des Malers tatsächlich als Chefarzt der Pathologie in München gab, leicht für die Zwecke der 99er-Loge verführbar gewesen. Machtstreben, Karrieresucht, krankhaftes Mehr-sein-Wollen. Forschungsdrang, der wie so oft schon an Wahnsinn grenzte. Mit einem Wort: die Ursünde der Eitelkeit. Eine von seinem inneren Dämon gesteuerte Notwenigkeit, über anderen stehen zu müssen.

Ganz so, wie er als Anatom des Bildes aufrecht auf die vermeintlich ausgelieferte Mädchenleiche herabblickt. Von oben nach unten.

Da! Ein Geräusch in der Nähe. Schritte, Flüstern.

Unerwartet tauchte ein nächtliches Liebespaar auf. Mann und Frau, eng umschlungen, eine Einheit gegenseitiger Hingabe bildend. Der Anatom erschrak. Ihm wurde bewusst, was er hier in der Nacht für ein Bild abgab. Die veraltete Kleidung, das Aussehen und Outfit des vergangenen Jahrhunderts. Er hoffte, dass ihn in der Finsternis keiner wahrnahm.

Die beiden Turteltauben sahen in seine Richtung, aber durch ihn durch, und küssten sich von neuem. Dann fiel ihm wieder ein, dass er für die Lebenden nicht existierte.

Die junge Frau spürte die Kälte des Untoten.

„Gehen wir weg von hier, mir ist kalt", sagte sie fröstelnd, da sie sich urplötzlich recht unwohl fühlte. Blass war sie, trug das volle blonde Haar offen, ganz so wie die weibliche Untote auf dem Bild.

Die Begegnung, die keine war, hatte den Anatom, so wissenschaftlich, kalt und seelenlos er empfand, dennoch innerlich mitgenommen. Ihm wurde wieder bewusst, dass er längst die eigene Seele verkauft hatte, seiner steilen Karriere willen vor gut hundert Jahren, dass er untot war! Ein Umgänger ohne Seele. Und dass die schöne junge Frau, auf die er im Gemälde so dominant herabblickt, lebte. Lebte sie immer noch, lebte sie erneut? Das konnte ihm egal sein.

Noch viel schlimmer war für ihn und die Brüder der Dunkelheit: Dass die Frau liebte.

„Dann ist sie erlöst!"

So schoss es ihm wie ein Blitzschlag durch den Kopf. Und eine unglaubliche Wut und ein Zorn der Ohnmacht packten und schüttelten ihn. Es war Neid des Machtbesessenen, der ohnmächtige Neid auf die sich hingebende Liebe der erlösten Frauenseele.

Und er wusste nur zu genau, gegen Liebe hat die Macht des Dämonischen keine Chance. Hingabe eben. Wie die schöne Tote, liegend im Gemälde vor dem Anatom.

34

Der Nachtfalter auf dem Kunstwerk des Gabriel von Max, das im dunklen Depot der Münchner Pinakotheken lagerte, krabbelte wieder ein Stück nach vorne. Immer von rechts nach links. Wenn jemand das Bildnis zu diesem Zeitpunkt betrachtet hätte, er wäre vor Scheck und Entsetzen wohl verrückt geworden.

Der Anatom auf dem Gemälde blickte von oben herab wie gewohnt auf den Seziertisch. Da lag das helle Totentuch. Man sah Falten und Dellen, die ein liegender Körper verursacht hatte.

Aber! Das Mädchen auf dem Totentuch fehlte nun.

Eines der bekannten und führenden Auktionshäuser Deutschlands zeigte zur Zeit der Herbstauktionen in Katalogen und in Pressemitteilungen stolz an: Ein bisher unbekanntes Gemälde des ‚Affenmalers‘ Gabriel von Max könne bei der kommenden Auktion als Zugpferd angeboten werden. Frei zur Versteigerung. Alle Restitutionsfragen seien geklärt, so hieß es.

Die farbige Katalogseite auf teurem Papier bildete dreizehn Affen ab, die im Dreieck um einen übergroßen Nachtfalter drapiert waren.

Dreizehn Affen im Dreieck, so der Titel, den der Geistermaler angeblich dem Werk verliehen hatte. Die Herkunft des hoch veranschlagten Bildes blieb hinter der in Kunstkreisen üblichen, recht vagen Nennung von Provenienzen und angeblichen Vorbesitzern verhüllt. Übliche Formulierungen – wie Privatbesitz Südamerika, Erbengemeinschaft, Herkunft mit den Erben abgeglichen – bildeten einen nebelgrauen Schleier über der wahren Herkunft des einmaligen Werkes, dessen Geschichte, man konnte auch Raubkunst-Vergangenheit dazu sagen, nur der FOGC-Loge bekannt war. Und auch dort wussten nur wenige Eingeweihte um die schwarze Provenienz des Werkes. Bei der Auktion zahlte ein unbekannter Kunstfreund, der alle Mitinteressenten, vor allem die interessierten öffentlichen Galerien mit ihren begrenzten Etats, als anonymer Telefonbieter weit überbot, einen astronomischen Preis. Seine Identität blieb geheim. Diskretion wie immer.

Wohin das Bild ging? Schweigen.

35

Der Mitfünfziger im Flanell hielt die Skizze vom Anatom des Malers Max in der Hand. Irgendwann in der Schiffskabine eines vermeintlichen Selbstmörders gefunden, von Telepathen und Logenbrüdern erkannt und zielgerichtet weitergeleitet, denn der Kapitän war Mitbruder der 99er-Loge. So hatte das wichtige Blatt über seltsame Wege, nicht zuletzt durch die Post, zu ihm gefunden. Zufall? In diesen Kreisen nie.

Die Skizze, die schon auf den ersten Blick von großer Könnerschaft zeugte, bildete eindeutig die Person des Anatom ab: das spitze Kinn in Daumen und Zeigefinger gelagert, nachdenkend, vielleicht auch eingeschlafen auf einem Sessel mit hoher steiler Lehne. Die geschlossenen Augen tief im Kopf versenkt, sichtbar blass und hohlwangig. Es schien, als wäre der hier auf der Skizze Dargestellte für immer entschlafen. Tot? Das blieb für jeden Betrachter unbeantwortet. Vielleicht war hier der Unschlaf eines untoten Widergängers skizziert.

Darüber wusste der Mann, der das Bildnis betrachtete, nur allzu genau Bescheid. Dieser so genial und flüchtig Portraitierte, der ruhte weder tot noch lebendig im Sessel. Dieser dürre Herr war ein Geist, ein Zwischenwesen.

„Du hast lange geschlafen", sagte die Blondine zärtlich.

„Schlaf ist ein unnützes Bedörfnis." (Er sagte „Bedörfnis", statt Bedürfnis). Sie liebte seinen Tonfall.

„Schlaf nimmt einem die wertvolle Lebenszeit, verkörzt das Handeln."

„Jetzt nicht mehr. Wir haben alle Zeit der Welt."

„Manchmal ärgert es mich schon, der ganze Unsinn, der über mein, über unser Sterben verbreitet wird, seit über siebzig Jahren."

Man sah, dass er den Ärger nur spielte. Das alles war ihm mehr als recht. Beide dachten, nicht ohne Schmunzeln, an die offizielle Version ihres Doppeltodes und an die angeblich verbrannten Leichen im Umfeld eines Bunkers, in dem sie zu dem Zeitpunkt niemals waren!

„Noch ein Stück Kuchen?"

„Gerne, Eva."

Immer nachdenklicher wurde der Mann mit dem Chaplin-Bärtchen und dem in die Stirn fallenden Haar.

Er sah dann wieder auf die Skizze, die auf so seltsamen Irr- und Umwegen zu ihm gelangt war.

Über damalige sich überlagernde und genial vernetzte Kreise, wie 99er-Loge, Germanenorden,

Thule-Gründungskreis, Kreis um den Parapsychologen in der Nachbarvilla des Max-Anwesens, so ging der lange Weg der Gedanken und Taten. Geradezu mit Wunderkraft war das Blatt zu ihm gelangt. Eine flüchtige Skizze nur, die aber das ganze Können des Künstlers verriet. Und das alles mit „Kopernikus" unterschrieben.

„Kopörrnikus! Alles kreist um die Sonne, oh welches Wissen!"

„Die Schwarze Sonne?"

„Auch die."

Und er nahm eine Lupe und las laut des Malerokkultisten Notizen auf der rechten Seite der Skizze.

„Wie ihm nur dieser Wahnsönn mit dem Nachtfalter auf dem Anatom-Bild hat einfallen können!"

„Ihr habt doch alle so schöne Einfälle", so seine Geliebte, inzwischen Ehefrau.

Die Blondine kuschelte sich zu seinen Füßen. Sie liebte den Mann, den höllischen Verführer mit österreichischer Herkunft, den Jahrhundertdämon und Zeitlos-Wahnsinnigen. Aber von unglaublichem Charisma, das war er.

Macht macht sexy.

Macht, nur das. Was sie immer schon in seinen Bann zog.

„Ja – aber diesmal!", gurrte dieser verärgert.

„Diesmal was?"

„Der Falter bewegt sich, bis es für uns alle zu spät ist! Jetzt ist auch das gemalte tote Mädchen auf dem Bild verschwunden! Wenn das Gemälde jetzt, in diesem brisanten Stadiom der Geschichte irgendwer entdeckt, dann!"

„Dann was?"

Der Mann knallte die Faust auf den Tisch, sodass die Kaffeetasse entsetzt hochsprang.

Cholerik. Genau so wie damals.

36

Frischmuth hatte den Fistelsingsang des Ruhe-
standspapstes im Ohr, ob er wach lag oder schlief:

„Sie, Professor Frischmuth, Sie können das
Bild verschwinden lassen. Man kann sich auf Sie
verlassen."

Eingehängt.

Das war mehr als nur eine Drohung. Vielleicht
lag in den Worten ein verstecktes Lob, nämlich
in der Formulierung, man könne sich verlassen?
Aber unausgesprochen steckte hinter den Worten „Man kann sich auf Sie verlassen" eine kühle
Drohung. Doch womit drohte der Ex-Papst?

Indes, Frischmuth hatte einen Charakter, der
bei einer Bedrohung wie dies eine war, manchmal
auf Sturheit umschwang. Was konnte er denn
verlieren? Bei ehrlicher Betrachtung: Alles.

Und so etwas macht dann schon wieder frei.
Jedenfalls bei einem Spieltrieb, wie er nun bei
Anatol Frischmuth die Oberhand gewann. Wer
alles verliert, der hat dann nichts mehr zu verlieren. Doch viel stand auf dem Spiel. Nicht weniger
denn ein Lebenswerk.

Auf dem Spiel standen das irdische Leben, die
Karriere als Kunstgeschichtler, und als hoch be-
zahlter Sachverständiger in Fragen der so genann-

ten Raubkunst. Gefährdet war nun der aufregende Werdegang über namhafte Museen der Welt, sein großer Name als Kurator und Ausstellungsleiter, dazu sein privater Besitz, eine schmucke Seevilla am Ammersee, auch die unbezahlbare Sammlung von Symbolisten der Jahrhundertwende: Franz von Stuck, Albert von Keller, einige bekannte Engländer, sogar Vorzeichnungen weltberühmter Gemälde von Gustav Klimt.

Und was kein Außenstehender wusste: Auch eine der Welt unbekannte Fassung von *Der Schrei* von Edvard Munch befand sich in seinem geheimen Besitz. Er liebte *Der Schrei*, denn kaum ein Gemälde der Neuzeit zeigte so herrlich das Machtphänomen der Angst. Angst, des Teufels allerliebstes Instrument.

Wenn es nach Anatol Frischmuth, dem Ästheten, gegangen wäre, hätte man in dem gegenwärtigen und lange von seinen Kreisen eingefädelten Angstfeldzug mit dem Corona-Virus nicht die hässliche Noppenkugel als Logo verwendet, sondern den *Schrei* von Edvard Munch. Frischmuth war eben, trotz allem, Ästhet! Eine Ästhetik der Angst. Letztlich ein Paradox. Frischmuth rieb sich die Augen.

Angst hatte auch er bei solch schrägen Anrufen wie soeben, die mitten aus dem Vatikan kamen, empfunden. Aber eine seltsame Form der Angst, geradezu angenehm prickelnd, die sich mit kindlichem Trotz und echtem Wissen mischte. Er war seit Langem geschieden, blieb also nicht so erpressbar wie als verheirateter Mann. Die Kinder waren halbwegs erwachsen. Er rieb die randlose Brille sauber und blickte, nicht ohne schwarzen Humor und Genugtuung, auf die der Welt unbekannte Urfassung der *Angst* von Edvard Munch. Das magische Bild hing mittig über seinem Schreibtisch.

Weit aufgerissen stand der dunkle Mund der jungen Dame auf der Brücke. So als würde ihre Seele hinausfahren. Wohin?

Der damalige Seelenverkauf für die Loge? Endgültig wie jeder Teufelspakt? Oder? Nicht ganz.

Er, Anatol Frischmuth, wusste tatsächlich mehr als die anderen.

Denn das Zauberort Erlösung leuchtete ihm wie ein Licht in tiefer Nacht. Fakt war und blieb: Der Pakt aller Logenbrüder mit der Dämonenwelt bestand felsenfest. Auch mit ihm.

Dennoch, jeder Vertrag hat zudem ein Kleingedrucktes. Auch ein Teufelsbund. immer wieder flackerte das Gedankenlicht in ihm auf: Aussteigen also. Ihm schien ein Entrinnen möglich.

Raus aus dem Teufelspakt! Wie nur? Und da lag er gar nicht so daneben.

Aber es hing alles an einem gemalten Insekt. Der Nachtfalter. Wirkmächtiges Dingsymbol. Symbole können handeln. So zwingend, wie das abscheuliche Noppenkugelsymbol *Corona* derzeit seinen schwarzen Dienst tat.

Der Nachtschwärmer stand über Raum und Zeit und Logik. Dazu das verschwundene Mädchen, die dem betrachtenden Anatom ausgelieferte Untote auf dem Max-Gemälde. Überhaupt, die zupackende Magie und diese so spürbar strahlende Wirkmacht des Bildes vom Pathologen im schwarzen Anzug. Das Werk des Maler-Magiers Max verbreitete unter den Eingeweihten Angst und Schrecken. Und das, obwohl es tief in den gekühlten Räumen des Sammlungsarchives eingelagert war.

Was kann erlösen?
Es ist die Liebe.
Nur die Liebe allein.

Liebe war ein Thema, das die 99er, seine kalten Logenbrüder, nicht verstehen konnten. Sämtliche Mitglieder des schwarzen Todesbundes hatten nur dann Gefühle, wenn es um Macht, Ansehen,

Reichtum ging. Liebe blieb denen ein Fremdwort in alle Ewigkeit.

Weiter ruhte das Gemälde *Der Anatom* unberührt im Kellerlager der Städtischen Galerie.

Der Nachtfalter rückte erneut nach vorne, erreichte nun schon jene Stelle, die der Oberarm des Mädchens ursprünglich eingenommen hatte. Das Mädchen fehlte, auch das weiße Leichentuch lag inzwischen zusammengefaltet am Fußende des Gemäldes.

Der Weiße Papst in Rom fühlte, dass sein irdisches und so extrem facettenreiches Leben sich einem würdigen Ende zuneigte. Das allerdings störte ihn wenig. Er wusste zu viel über Leben, Tod, vor allem über das Weiterleben. Er rief den Sekretär, der von Anfang an seine rechte Hand war, und sagte liebevoll:

„Sie werden es nicht leicht haben."

Der andere senkte den Blick.

Und der scheidende Papst fügte hinzu:

„Wirklich nicht leicht, hinterher, mit meinem Nachfolger."

Der Angesprochene nickte traurig.

Er wusste, wie recht sein Meister behalten sollte.

Das Geisterhaus an der Seeleiten in Ammerland dämmerte und faulte weiter vor sich hin. Wer im Streit um Abriss, Erhaltung, Restaurierung, öffentliche Nutzung gar oder sonstige juristische Probleme auf Dauer Recht behalten sollte, das wusste niemand. Wie auch?

Der Bayerische Rundfunk produzierte inzwischen plakative Sendungen über *Geister in Bayern*. Vor allem an Tagen wie Halloween, dem Vorabend von Allerheiligen. Da gelangte die verschriene Geisterruine am See zu bizarrer Beliebtheit und Attraktion. Hingeh-Grusel als Ausflugsziel, die Nachbarn der Villa waren verzweifelt über das neue schräge Publikum vor der Tür. Führungen verschiedener Kraftort-Experten, die zu dem verrufenen Anwesen hingeleiteten, wurden immer beliebter. Die Leute genossen den Nervenkitzel, die Nachbarn des Anwesens genossen nichts. Ganz im Gegenteil:

Denn das Haus des weiterhin allpräsenten Maler-Okkultisten Gabriel von Max stand tatsächlich und spürbar unter Bann und unter einem schlimmen Dämoneneinfluss. Die Dinge entglitten jedem, der damit zu tun hatte.

Lokalpolitische Sturheit, das aufgeblähte kollektive Ego des edlen Ufer-Smaragd-Büros,

Eitelkeit und auch Geltungssucht, so hieß das Einfallstor des Hilfsteufels. Geltungsdrang ist eine Droge, die schnell zur Sucht mutiert. Eine Sucht ohne materielles Suchtmittel, eine bitterböse Seelendroge, die keine medizinischen Substanzen braucht.

39

Dr. Phil. Anatol Frischmuths nächtliche Überlegungen kamen zu einem Entschluss. Er ging in der Zeit zurück. Zeitreise? Das können die Mitglieder dieses Dämonenbundes, Zeit ist denen kein Problem.

Und er saß dann bei dem Parapsychologen und Dämonenforscher Albert von Schrenck-Notzing im großen Rittersaal auf der Couch. Die Villa des Gespenstergrafen lag so propper und gepflegt, wie sie es heute noch tut:

Rechts neben dem Gabriel-Von Max Haus, das damals, so um das Jahr 1900, noch keine Ruine war, sondern ein gepflegter Landsitz am Starnberger See, eine strahlende Künstlervilla und ein Treffpunkt der kreativen Geister der Zeit.

Überhaupt, Geister.

Der legendäre Graf Albert von Schrenck-Notzing, damals schon mit dem Beinamen Geistergraf bedacht, stand mit Geistern, Dämonen und halbseidenen Zwischenwesen aller Art auf Du und Du. Berühmt waren die Séancen in seinem Haus, die Gastbesuche von großen Künstlern, auch von bekannten Okkultisten und Hellsehern, von zwielichtigen Hypnotiseuren, Medien und Schwarmgeistern.

Hier ging ein und aus, was in der Welt des Okkulten Rang und Namen hatte. Und bis heute hat. Kein Kreuz fand sich an der Wand, wohl aber ein Bild der Madame Blavatsky. Unter den Gästen trat auch der Maler und Okkultist Albert von Keller, Gentleman und Lebenskünstler, schwungvoll im Salonzimmer auf. War er doch selbst ein anerkannter Maler und Könner, der sogar eine Hypnosesitzung des Psycho-Okkultisten Schrenck gekonnt auf Leinwand bannte.

Darauf zu sehen die ohnmächtige Frau als Patientin, eher als Opfer denn als zu Heilende. Hingesunken im Stuhl, Kopf weit zurückgelegt, dem Psychologen vollkommen und ohne jeden eigenen Willen ausgeliefert. Der Psychiater als Dämon und Herrscher über ihren Willen. Kennzeichen des gemalten Psychiaters: spitze Nase, dieselben Gesichtszüge wie der Anatom.

Dr. Schrenck-Notzing war freundlich und entgegenkommend.

„Ich weiß, warum Sie da sind."

Frischmuth brauchte nichts zu erklären. Der andere wusste um die Zeitreise. Als Untoter besaß er die zeitlose Gelassenheit echten Adels.

Anatol Frischmuth holte Luft:

„Der sich bewegende Nachtfalter!"

„Was soll damit sein?“

„Der ist das Problem.“

„Also muss das Insekt weg.“

„Und wie?“

„Sie sind der Leiter der Sammlung!“

Frischmuth schnaufte erneut hörbar durch.

Graf Schrenk holte zu einer Erklärung aus.

„Eines ist Ihnen offensichtlich immer noch nicht vollkommen klar.“

„Was?“

„Welche Rolle der Nachtfalter als Symboltier spielt?“

„Eigentlich doch, ja.“

Frischmuth wusste es sehr wohl, er stellte sich aber überrascht.

Der Schriftzug vom Nachlass-Stempel des Malers Max umschließt mit „Gabriel von Max’ Nachlass“ einen stilisierten Nachtfalter. Auf der Skizze zum *Anatom* ist das Tier der Finsternis links unten deutlich zu sehen.

Der Psychiater und Schwarzmagier las die Gedanken Frischmuths. Aber er schwieg.

40

„Der Wille zur Macht."

Von Friedrich Nietzsche wurde das geflügelte Wort vom Willen zur Macht als Schlagwort eines kruden Elitedenkens mit geradezu literarischem Anspruch gebraucht. Später diente der Wille zur Macht einem genialen Propagandafilm der Machtbesessenheit als Pate. Die vier Wörter – Der Wille zur Macht – hätten über dem Eingang der Hölle stehen können.

Jener Hölle, die den Dämonen der Loge vom Starnberger See Macht, Korruptheit und Verführungskunst verlieh. Die sogenannte 99er-Loge bezog den kabbalistischen Namen aus der Hundertzahl der Mitglieder, von denen jährlich einer dem Los zum Opfer fiel. Manche kannten den Geheimbund, übrigens so geheim, dass er weitgehend tatsächlich unbekannt war, also nicht existent, als FOGC-Loge.

Freimaurerischer Orden der Goldenen Centurie. Die Hundertzahl minus eins. Einer fehlte immer zur Centurie, das jährliche Menschenopfer. Diesen Platz hielt der Dämon Satanael inne, sodass die Zahl 100 wieder vollkommen war. Jedes der seelenverlustigen Mitglieder hatte genau jenen Dämon zugeteilt bekommen, der seiner persönlichen Schwäche besonders zustand: Eitelkeit, Hass, Rachsucht, Gier, Wollust. Und immer wieder Geltungssucht. Wie immer allen Untugenden voran: der Stolz.

Die Loge sollte wenige Jahre später eine entscheidende Schlüsselrolle spielen, da aus ihr die führenden Köpfe und Vordenker des 3. Reiches hervorgingen. Vordenker und nicht die Akteure. Köpfe wie Karl Haushofer mit dem entscheidenden Gedanken der Geo-Politik, dem umsetzbaren Eroberungs-Wissen um Raum und Zeit und vor allem der uferlosen besessenen Raum-Gewinnung in Richtung Osten. Er kannte die Natur der bösen Mächte, Professor Haushofer prägte Machtsätze wie:

„Raum ist nicht nur das Werkzeug der Macht, es ist die Macht selber."

Man fand in diesen wohlhabenden Kreisen, deren Mitglieder allesamt hoch angesehene Stützen der Gesellschaft darstellten, alles an Spielformen des Charakters und des Menschseins. Nur nicht Ehrlichkeit und Liebe. Menschliche Qualitäten? Die waren hier nicht zu Hause. Und noch weniger der Humor. Wirklich Macht-Irre haben das Lachen der Schöpfung verloren. Das herablassende und höhnische Lachen des Sieges und der gelungenen List hat mit Humor nichts zu tun. Hohn kommt vom Teufel.

Echten Humor aber musste wohl das Logenmitglied Gabriel von Max besessen haben. Humor und Augenzwinkern, trotz seines naturwissenschaftlichen Empfindens und gelebten Darwinismus. Hatte der Maler vom Starnberger Seeufer doch den bizarren Einfall gehabt, das *Anatom*-Bildnis mit magischem Leben zu versehen.

Der spitznasige Anatom, mit dem Blick „Was mach ich nur?". Dazu das vor ihm liegende Mädchen, vor allem der Nachtfalter. Obwohl alles nur gemalt blieb, ein Imago also, sie alle lebten. Und sie leben weiter. Der Maler-Magier gab ihnen etwas Besonderes mit: die Dingsymbole und Schlüsselpersonen auf dem Gemälde dürfen den jeweiligen Zeitgeist spüren. Und dann dürfen sie anfangen, sich zu bewegen.

Jetzt können sie in Handlungs- und Schicksalsabläufe des realen Lebens handelnd aktiv eingreifen. Magie, Zauberei, Hexenkunst des Geistermalers. Und die auf dem verhexten Bild Gemalten können nun selbst etwas bewegen! Denn der Geist der Zeit bewegt sich ebenfalls immerzu.

Der Maler in der Villa am See wusste genau: Erziehung durch Symbole! Symbole leben. Symbole wirken auch dann, wenn keiner sie kennt und entschlüsselt. Der Verstand wird durch ein passendes Symbol umgangen, die Phantasie wird aktiviert: Mann, Frau, Falter. Dreieck! Ein Drei-gestirn der Macht quer über Jahrhunderte hinweg.

41

Dämonen, wenn sie Mensch geworden sind, brauchen manchmal etwas Ruhe.

„Du musst jetzt ein wenig schlafen", sagte die Blondine zu dem Mann mit dem Bärtchen.

„Der Doktor hat mir schon eine Spritze gegeben."

Die Blondine schwieg. Sie wollte etwas Warnendes sagen, aber das Charisma ihres Geliebten verschloss ihr den Mund. Ihr war klar, dass der behandelnde Arztdämon mit seinem berüchtigten Drogencocktail in der Beruhigungsspritze nur den eigenen Vorteil im Auge hatte. Nicht das Wohlergehen des welterschütternden Diktators mit der Haartolle.

Der hörte nie auf warnende Stimmen, am wenigsten auf solche, die es wirklich gut mit ihm meinten. Viel Gutmeinende gab es allerdings nicht in seinem Inner Circle.

Tatsächlich raubte ihm etwas die Ruhe.

„Wenn der Nachtfalter, das Mädchen, wenn nicht das gesamte Bild varr-nichtat wird, dann gerät der Dämonenbund ins Wanken", kehlkopfte er."

„Und?", so die Blondine.

„Dann wird auch der Pressedämon der Lüge machtlos, der uns nach unserem offiziellen Sterben 1945, tief unten im Bunker, dieses herrliche Weiterleben unter der Sonne beschert!"

Das war ernst gesagt, aber bei dem lächerlichen Bild, wie es die Öffentlichkeit glaubte, einem Doppelselbstmord mitten im Berlin der letzten Kriegstage zwischen den ekligen kaltgrauen Betonwänden eines Tiefbunkers, da mussten beide schmunzeln.

Beide nippten entspannt an einem kühlen Longdrink ohne Alkohol.

Warum sich umbringen, ausgerechnet dann, wenn der große Plan sich der Erfüllung zuneigt? Jetzt am Gipfel der Macht! Und das alles der gesamten Welt, bis auf wenige Wissende, als krachende Niederlage verkaufen! Zusammenbruch, verlorener Krieg. Von wegen, wenn man geistige Gesetze kennt!

Es ging jetzt erst richtig los.

42

Anatol Frischmuth stand unter Zugzwang. Er musste handeln, doch ging dabei die Sache angstfrei an. Das verschaffte ihm einen unverstellten geistigen Überblick, sodass dem Dämon der Angst die Arbeitsgrundlage entzogen war. Ohne Angst gelingt die Manipulation eines Menschenwesens nur unzureichend. Der Oberdämon Satanael tobte, da ihm der gewünschte Zugriff nicht gelang.

Frischmuth war nicht so sehr auf schnellen materiellen Gewinn versessen wie etwa die Mitglieder des Starnberger Ufer-Smaragd-Büros. Eitel, das war er allerdings. Dazu karriereverliebt, vielleicht auch hochmütig. Eitelkeit ist immer schon die Lieblingssünde des Teufels. Eitelkeit verdunkelt die Sinne, verhindert Selbsterkenntnis. Dämonen hassen die Selbsterkenntnis ihrer Opfer.

Zu viel wusste Dr. Frischmuth über die Hauptstrategie des Bösen. Angst und immer nur Angst. Aber die Gegenseite wusste wiederum, was er wusste.

Wie die Angst lähmt, wie sie den schnellen Gedankenfluss teigig macht. Und wie die Angst dennoch immer und überall Anwendung findet.

Seinen viele Jahre zurückliegenden Eintritt in die Loge samt Gelübde zum Seelenverkauf, das alles bereute der gewiefte Kunstgeschichtler schon seit längerer Zeit. Aber mit dieser *echten Reue* hatte sich das Tor zum Licht bereits ein wenig geöffnet.

Echte Reue, die ist immer ein Licht in der Dunkelheit

Aber:

Das dreimal verdammte Bild *Der Anatom*!

Auf welche Weise der Maler und Eingeweihte, Gabriel von Max, erreicht hatte, dass dieses seltsame Gemälde lebte, sodass diese tote Materie lebendig agierte und Bewegung innehatte. Bewegung, Leben also, Leben durch unaufhaltsame, auf den Zeitgeist reagierende Veränderung des darauf Dargestellten.

Und wie hatte der Meister der malenden und darstellenden Magie es fertiggebracht, diese tote Materie aus Leinwand, Rahmen und Ölfarbe aktiv in die Geschehnisse der momentanen Gegenwart eingreifen zu lassen? Wie konnte das Bild die Aktualität erspüren und darauf reagieren!

Noch schlimmer, geradezu unerträglich war die Erkenntnis für Satanael:

Dieses okkulte Meisterwerk des Symbolismus war drauf und dran, GUTES zu initiieren!

Gutes tun. Mit Liebe agieren. Ein Horror für sämtliche Akteure der Höllenwelt. Schon hatte eine der beteiligten Seelen begonnen, echte Reue zu zeigen!

Dem Dämon wurde bei diesem Gedanken schlecht. Er hätte sich übergeben, aber sein Mageninhalt bestand nur aus schwelender Bosheit.

„Heute ist der Jahrestag des Überfalls auf Polen", freute sich der Mann mit dem Bärtchen und hielt den Blick auf einen modernen Flachbildschirm gerichtet.

„Ich habe soeben durchgezappt, auf zehn Kanälen senden sie ‚3. Reich', zumeist unter dem Vorwand Historische Aufarbeitung, Erinnerungskultur, Dokumentation, Die Wahrheit über das Schrecken.

„Wahrheit, haha", so die Blondine.

„Es gibt keine negative Reklame, nur Reklame", gurrte der Mann und strich das Haar aus der Stirn, sichtlich hocherfreut.

„Erinnerungskultur", herrlich, einfach wunderbar. Die deklarieren das Wiederaufleben unseres Gedankengutes von damals. Die 30er-Jahre leben fröhlich weiter. Oh, diese herrliche unbezahlbare Reklame, dargebracht als warnende Erinnerungskultur!"

„Könnte von Leni sein, die Idee!"

„Wem sagst du das! Auch Josef hatte so geniale Gedanken damals. Alles, was ihm eingefallen ist, diesem PR-Genie, das machen sie bis heute nach. Übrigens, wo steckt er?"

„Der wird überall auf der Welt gebraucht, der arbeitet sich noch zu Tode."

Da lachte der Mann im Sessel und nahm ein Stück Gebäck zum Tee.

„Zu Tode arbeiten?"

Er nahm Haltung an:

„Sterben, das geht nicht bei unsereins."

44

Frischmuth überlegte angestrengt. Er musste an das verwunschene Gemälde vom Anatom herankommen. Das war für ihn als Sammlungsleiter nicht schwer. Aber er war genötigt, sich länger und sicherlich auch auffallend daran zu schaffen machen. Hatte er doch die unausweichliche Aufgabe, den Nachtfalter von der Leinwand zu entfernen. Er sollte und musste dabei also einen groben Eingriff an dem wertvollen Original wagen. Letztlich sollte er bei seinem Vorhaben das Meisterwerk zerstören.

Oh, wenn er gewusst hätte, wie weit der gemalte Nachtfalter schon nach links gekrabbelt war. Und vom Verschwinden des toten-untoten Mädchens auf dem Bild hatte er noch keine Ahnung.

An einem regnerischen Freitag schritt er wie immer durch die inzwischen leere Neue Pinakothek. Das war nicht ungewöhnlich, man kannte ihn, auch den auf der Baustelle beschäftigten Vermessern und Arbeitern war sein Anblick mit dem spitzen Gesicht und der randlosen Brille vertraut. Als er einen der federführenden Architekten erblickte, erschrak er. Denn der grüßende Baumeister arbeitete nicht nur am materiellen, auch am geistigen Bauwerk. Der Architekt war

Mitglied einer ortsansässigen Freimaurerloge, aber kein 99er. Die oberen Logen kennen immer die weniger Einflussreichen, die unteren Grade. Für einen geschulten Beobachter ist jeder der Brüder an seinem Gehabe und an seinem Auftreten zu erkennen. Vor allem an der Art, wie er Fremde, und noch mehr, wie er Bekannte begrüßt.

„Viele Kunstexperten fragen nach, warum denn die Pinakothek so lange geschlossen bleibt."

„Sagen Sie, bautechnische Gründe. Statik. Falsche Materialien damals, man sparte, aber vollkommen am falschen Fleck!"

„Die Anfragen kommen aus der ganzen Welt, manche behaupten gar, da stimme etwas nicht."

„Antworten sie mit ‚Berlin, Flughafen'. Da stimmt zweimal was nicht."

„Hm?"

„Und schlimmstenfalls antworten sie mit Verweis auf die zweite Stammstrecke, das Münchner Marienhof-Desaster!"

Frischmuths gewohnter lakonischer Zynismus.

Trotzdem, er wusste genau, so wie alle Beteiligten, die Schließung würde aus ganz anderen Gründen so lange dauern. Es hing nicht zuletzt mit Restitutionsansprüchen zusammen. Das Thema Raubkunst griff international immer mehr um sich, und immer öfter nahmen der juristische und auch der politische Druck rasant zu. Wie gut, dass letztlich niemand wusste oder, ach, nur ahnte, welche Werte und Kleinodien der internationalen Kunst in den finstern Archiven der Sammlung versteckt lagerten.

Trotz des Drucks, der auf ihm lastete, gewann in seinen Gedanken wieder der kühle Humor Oberhand:

„Kunst ist etwas Herrliches. Jeder nimmt sie immer irgendwem weg und irgendwer will sie wieder zurückhaben. Und alle miteinander verdienen daran. Ein wundersames magisches Rad der Wertschöpfung."

Er grinste.

„Guten Tag, Herr Direktor!", sagte ein Angestellter im Vorbeigehen höflich und gut gelaunt. Und ergänzte:

„Sie sehen gut aus heute."

Na, immerhin. Anatol Frischmuth rückte die Fliege zurecht. Eitelkeit, die Lieblingssünde des Widersachers.

Innerlich beschwingt und nun leicht euphorisch geworden, dachte er schmunzelnd, dass lediglich bei Höhlenmalereien der Steinzeit keine Raubkunst möglich war. Oder doch?

45

Der Mann mit dem Vierecksbärtchen schlief inzwischen, und die Blondine schaute sich alte Schmalfilme an, Filme mit dem typischen Rot- und Blaustich, Super-8, selber gedreht damals auf dem Berghof.

Damals. Die Dokumente zeigten launige Damen und mittendrin die politischen Schwergewichte der Epoche. Man hatte die Aussicht genossen, die Bergluft und den kalten Atem der Macht.

Zwischen Daumen und Zeigefinger hielt der schlafende und träumende Diktator die Skizze des Malers Gabriel von Max, die magische Vorzeichnung zum *Anatom* – wiederum einen eingeschlafenen Mann darstellend, der aufrecht sitzend vor sich hindöste und der Redewendung Inhalt verlieh, die da lautete: Wie tot.

Aufrechte Körperhaltung, den Kopf geneigt, vor ihm auf dem Tisch eine brennende Kerze, so dass der Schattenriss des skizzierten Alten auf einer Künstlerleinwand hinter ihm flackerte. Tatsächlich war dies ein Schläfer, er wartete ruhig und mit gelassenem Wissen auf die Wiederkehr, wartete ab, bis „die Zeit erfüllt sein wird".

Das stand auch auf den krakeligen Notizen auf dem rechten Rand des Bildes, teils Latein, teils in Sütterlin, teils als flüchtig-schlampiges Stenogramm.

„Bis die Zeit erfüllt sein wird!"

Sowohl der dargestellte ruhende Anatom als auch der eingedöste Diktator, auch dessen blonde Geliebte, inzwischen Ehefrau, wussten allzu genau, dass die Zeit tatsächlich nach Erfüllung drängte. Gegenüber vom Berghof war damals täglich der sagenumwobene Untersberg zu sehen, das Panoramafenster gab den Blick frei. Und die Mittagsscharte, eine Kerbe in der Mitte des Massives, begann, zu bestimmten Zeiten rotfeurig zu glühen. Dann flogen die Raben Huggin und Munnin, die davon kündeten: Der lange Schlaf geht dem Ende entgegen, der Schläfer im Berg erwacht.

Und nicht nur der Schläfer im Berg.

46

Der Anatom selber, der inzwischen materialisierte fleischgewordene dunkle Gelehrte auf dem Gemälde und auch auf der Skizze, der hatte den Nachtspaziergang am mondbeschienenen See beendet. Den sinnenden, abschätzend überlegenden Blick hatte er auch dann, wenn er aufrecht stand oder umherging. Da ihm wichtige weiterführende Einfälle kamen und er eine geistige Einheit mit seinem eigenen Schöpfer und Maler bildete, kratzte er sich zufrieden am Kinn.

Er tat genau das, was er auf dem Gemälde tat: grübeln, nachdenken, zu einem Entschluss gelangen.

Diese Bewegung der Hand zum Kinn war augenblicklich auf dem Originalgemälde im Kellerarchiv sichtbar, aber noch war keiner da, der das Wunder auf der Leinwand hätte realisieren können. Die Farbskala des zwei Meter breiten Bildes vom Anatom dunkelte inzwischen sichtbar nach. Die erdigen Brauntöne, das Dunkle, gewannen Oberhand.

So wie im übrigen Land auch.

Deutlich sichtbar, aber eben keiner war da, um das zu sehen.

Die magische Lebendigkeit des Ölgemäldes *Der Anatom* blieb im Keller des Archives der Neuen Pinakothek verborgen. Nur die seltsame Energie der Änderung wäre deutlich spürbar gewesen, sogar außerhalb des Gebäudes, in der Nähe des hohen Bauzaunes. Aber die Menschen waren zu sehr mit dem Unsinn des Alltags beschäftigt. Mit künstlich erzeugter Angst, mit dummen Begierden und Sehnsüchten.

So wie immer.

47

„Der Zauber der Quantenmechanik liegt darin, dass die Beobachtung das Objekt ändert."

„Und ohne Beobachtung?"

„Ändert sich nichts, ist nichts."

„Ist nichts?"

„Ist nichts. Keine Schöpfung, kein Gott. Die Welt gibt es nur, weil sie von Menschen beobachtet wird."

„Und ohne Menschen?"

„Schaut keiner hin, ist nichts. Schrödingers Katze, sie wissen schon."

„Zyniker!"

Die beiden Päpste waren noch nicht zu Ende mit dem Geplänkel über das beobachtete oder unbeobachtete Sein und Nichtsein, da rief die Schwester:

„Das Kaiserfleisch ist fertig!"

Es roch wunderbar in den prunkvollen Räumen des Vatikans. Und, nach einer Pause mit dem dampfenden Topf in der Hand, fiel ihr noch ein:

„Übrigens, da war ein Anruf aus München."

„Frischmuth?"

„Ja, so nannte er sich. Scheint ein wenig verwirrt. Irgendwas mit einem Nachtfalter."

„Nachtfalter! Das Gemälde des Geistermalers! Oh je!", so beide Päpste unisono. Und der Appetit war ihnen ein wenig verdorben.

Aber nur ein wenig.

Plötzlich bekam einer von beiden Schluckauf.

„Neuronale Verknüpfung", so der andere. Das Lächeln war bösartig.

„Wird doch kein Virus sein?"

Das war dem Bayern zu viel an schwarzem Humor. Manchmal ging ihm der Jesuitenpapst zu weit.

„Jetzt ist es aber genug, Bruder Papst!"

48

Frischmuth blieb in der geschlossenen Neuen Pinakothek, bis der Abend sich senkte. Das fiel nicht auf, man wusste um sein ehrliches Interesse an dem sandfarbenen Bau mit den harmonischen Glaselementen und den wertvollen Beständen im Innern. Bestände von unschätzbar hohem Wert. Weltberühmte Kunstobjekte der Neuzeit, die inzwischen ausgelagert waren oder in weiten Kellermagazinen ruhten.

Da heute ein anheimelnd-angenehmer Spätsommertag war, konnte er auch viel Zeit im Freien verbringen, zumeist bei dem terrassenförmig angelegten Brunnen. Dabei ließen sich, in lockerem Plauderton, interessante Gespräche führen.

Der Smalltalk unter Fachleuten ging, wen wundert das, über die eklatanten Bausünden der vergangenen Jahrzehnte, über Betrug bei der Materialbeschaffung, über Planungsfehler und Sicherheitsfragen. Münchner Bau- und Planungsgespräche, die keinen wunderten. Man hätte sich nur dann gewundert, wenn ein Plan und eine Kalkulation überraschenderweise in Erfüllung gegangen wären.

Sicherheit?

Die allerdings schien kein aufregendes Thema. Die wichtigen Gemälde der Sammlung, aber eben nicht die des Malers Gabriel von Max, hatte man in die Alte Pinakothek ausgelagert, wo sie im Ostflügel eine aufregend interessante Ergänzung bildeten. Spitzweg und einige Romantiker verbrachten die Zeit der Museumsrenovierung in der Schack-Galerie. Und der Rest in verschiedenen Archiven. Viele davon hier unter der Erde und auch genau unter der Baustelle. Die Bilder waren, wenn man von dem Bau- und Renovierungsbetrieb absah, hinlänglich gesichert. Keiner machte sich deshalb besondere Sorgen. So wie es immer ist mit Werten, die einem nicht selber gehören.

Frischmuth kannte die nicht sonderlich raffinierten Alarmgegebenheiten bestens und gedachte, sich gegen Feierabend einschließen zu lassen. Allein im Kunstraum ohne Kunst, um dann in einem unterirdischen Archiv das Bild vom Anatom zu bearbeiten. Den verdammten Nachtfalter zu beseitigen! Es war ein Leichtes, aus den Restauratorenräumen die nötigen Utensilien zu besorgen. Handwerkliches Geschick besaß er immer schon. Und die liebevolle und diskret-perfekte Wiederherstellung von Originalen war ihm auch als Chef der Sammlung stets Herzenssache.

Wenn es nur noch nicht zu spät war, für das, was er tun musste.

Schließlich fiel ihm ein Bildband über den Maler Gabriel von Max in die Hände, mit dem Untertitel *Gemälde zwischen Wahn und Wissenschaft*. Die Kuratorin am Lenbach-Haus schreibt darin auf Seite 8:

„In Max' Gemälde wird der Pathologe zum Philosophen. Er erwägt das Woher und Wohin der menschlichen Existenz." Weiter steht da:

„Der Mädchenkörper ist noch nicht vom Tod gezeichnet. Max zeigt vielmehr den Moment, in dem die Seele den Körper verlässt." An anderer Stelle: „Max selbst beschrieb seinen Anatomen als einen Ruhepunkt ‚zwischen Hier und Drüben'." Er legte den Band beiseite. Der war in München gedruckt im Jahre 2018, also recht aktuell.

„Der Moment entscheidet", so sinnierte Frischmuth nach der Lektüre und rieb sich die Hände.

„Im Augenblick schläft die Ewigkeit. So wie das Mädchen schläft, alles ist nur Augenblick. Und der richtige Augenblick kommt!"

Seine Augen leuchteten froh.

So ging der Tag dahin ohne besondere Vorkommnisse, aber mit launigen Gesprächen inmitten der Bauarbeiten in der Galerie. Ehe er sich's versah, rückte der Zeiger auf 18 Uhr.

49

Der smarte Chef des Starnberger Immobilien-
und Maklerbüros Ufer-Smaragd, Lars Geldinger,
hatte einen bösen Traum. Ein weiß gewandetes
Mädchen mit fahler und durchscheinender
Haut stand vor ihm, halb lebendig, halb tot.
Ein Zwischenwesen mit einem Gesicht, aus dem
jede Farbe gewichen war, ein Schwebewesen mit
dennoch bestürzender Schönheit.

„Das Haus", sprach das grauweiße Mädchen.
Und die Stimme klang wie von sehr weit her, etwa
so, wie Stimmfetzen von Fischern über der glatten
Oberfläche eines Sees fliegen. Dann wiederholte
sie:

„Das Haus. Die Geistervilla. Die Ruine."

Lars setzte sich im Bett hoch und erschrak über
den Traum. Er erschrak so sehr, dass sein Herz aus
jedem Takt geriet. Sein Erschrecken war tödlich.

Dann sah er sich selber ohne Leben im Bett
liegen. Er schwebte knapp unter der Zimmerdecke
und staunte über seinen noch jungen Körper auf
dem zerwühlten Laken.

So wurde es Morgen. Das Zimmer war nun
mit Menschen gefüllt, mit Familienmitgliedern,
schwarz gekleideten Männern vom Abholdienst
und einem Arzt.

„Natürlicher Tod. Keine Fremdeinwirkung. Vielleicht ein unbekannter Virus", so der den Tod bescheinigende Mediziner.

Es war die Zeit, da man jeden unerklärlichen Tod einem Virus zuschrieb. In diesen Jahren verstarben viele, die gesund, munter und vor allem einflussreich waren.

50

Einer der beiden Päpste, der diensthabende und jüngere, war wieder einmal unterwegs in humanitärer Mission. Der jüngere? Auch er war alt, aber Alter spielte bei diesen uralten Seelen keine Rolle. Er reiste, segnete, sprach hehre Worte vom Weltfrieden, diesmal in einem der lateinamerikanischen Länder, deren größter Bevölkerungsanteil permanent von Hunger gebeutelt ist. Mit großem Medienecho hielt er eine prunkvolle Messe. Unübersehbar die Masse von Gläubigen, die hingabevoll daran teilnahm, betete, kniete, mitsang – Menschen mit wenig Aussicht auf eine Besserung ihrer tristen Lebenssituation. Mütter, Kinder, Väter oft ganz ohne Einkommen, in jeder Hinsicht ausgehungert, trotzdem mit grenzenlosem Glauben und mit unbesiegbarer Hoffnung im Sich-fügen-Müssen.

Der Papst ließ sich einkleiden in heiligendes weißes Gewand und überlegte die Worte der Predigt, die von einer besseren Welt handeln würde. Dennoch reichte ihm ein durchtrainierter Monsignore, der zugleich Leibwächter war, das Handy.

„Unser Freund ist nun in München am Werk“, sagte der andere Papst, sein Vorgänger und nun besorgter Berater am anderen Ende der Satellitenverbindung, der in Vatikanischen Gärten weiß eingekleidet sich erging. Es war derjenige von beiden Heiligen Vätern, der sich für die zweite Reihe entschieden hatte. Offiziell zurückgetreten, wirkte er nun als Vordenker und geistiger Taktgeber. Und denken, scharf und schneidend wie ein Skalpell, das konnte der.

„Gut. Keine Zeit. Muss die Messe halten", so der reisende Frontmannpapst. Während er dann eine Predigt hielt, die in jeden Winkel des Landes übertragen wurde, dachte er:

„Hoffentlich geht das alles gut. Wenn nicht, dann?"

Dann segnete er die vor ihm knienden Massen.

51

Frischmuth staunte zunächst, wie einfach der Beginn seines Vorhabens sich gestaltete. Er hatte sich jovial von Beschäftigten in dem zu renovierenden Bauwerk verabschiedet, hier und dort freundlich gegrüßt, immer mit einer Attitüde des Fortgehens. Dann blieb er in seinem Büro, zu dem selten jemand kam, noch dazu während der Zeit der anstehenden Dauerschließung.

Dass alle inzwischen das Haus, die Baustelle verlassen hatten, war an einer hörbaren Stille ablesbar.

Die Stille in einer Galerie ohne Menschen ist eine besondere Stille, dachte er bei sich. Dann kam ihm der bizarre Gedanke:

Eine stille Galerie ohne Bilder ist nochmals stiller. Haben Gemälde einen Klang? Tatsächlich, den haben sie.

Er bejahte dies für sich, dachte an das Wort vom Farbklang und blätterte nochmal in dem Bildband über Gabriel von Max, die Unterzeile des Buchtitels von *Wahn und Wissenschaft* ließ ihn schmunzeln.

Und urplötzlich heftig erschrecken. Auf was hatte er sich da eingelassen!?

Der Weg in das Magazin mit den Max-Bildern, vor allem dem monumentalen Gemälde, das den *Anatom* zeigte, war ihm bestens vertraut, Frischmuth besaß auch alle Schlüssel und wusste sämtliche notwendigen Zahlencodes. Da er an der Alarmsicherung vor Jahren persönlich mitgestaltet hatte, besaß er jedes Wissen um deren elektronisches Eigenleben.

Wer macht sich schon unbefugt an Magazinen zu schaffen. Die Geschichte von spektakulären Kunstdiebstählen spielte sich stets in den öffentlichen Ausstellungsräumen ab. Und, seltsamerweise, zumeist auch noch während der Öffnungszeiten.

Die beste Sicherung ist immer die, dass keiner weiß, was wo gelagert ist. Und damit bleiben große Werte der Allgemeinheit entzogen. Wieder versuchte er, sich mit ablenkenden Gedankengängen zu beruhigen:

„Wenn die Öffentlichkeit wüsste, was alles an Raubgut wo versteckt ist."

Er schluckte.

Eine Stahltür noch, hier unten brauchte er nur auf Lichtschalter zu drücken, die Magazinbeleuchtung würde über der Erde keiner sehen. Bewegungsmelder gab es hier herunten keine, das wusste er.

Dann zog er das Gemälde *Der Anatom* fachmännisch aus der aufrechten und fachgerechten

Lagerung. Das weißliche Archivlicht ließ genug auf der dunklen Leinwand erkennen.

Er gerann zur lebendigen Skulptur.

Minuten vergingen, da die Schockstarre ihn lähmte. Dann schluckte er so laut, dass er es selber hörte.

Das hatte er nicht erwartet.

52

Lars Geldinger, Immobilienjongleur der Edelklasse, war tot. Er nahm das mit klarem Bewusstsein wahr, mit einem ihn selber überraschenden „Ich bin tot". Deswegen wunderte er sich. Tot zu sein und dennoch ein klares Ich-Bewusstsein zu besitzen? Der kalte Grundstücks- und Immobilienspekulant mit kaufmännischem und juristischem Fachwissen war nicht dumm und staunte über seine jenseitige bewusste Wahrnehmungsfähigkeit, trotz des Totseins. Die Gefühle waren nicht anders als früher, nur spürte er keinen Körper.

Aber er sah ihn.

Da lag er. Auf einer Art Totenbahre, mit weißem Leinen bedeckt, Gesicht und Schultern aber frei. Über ihm stand aufrecht, streng beobachtend und sinnierend, ein dunkel gekleideter Herr mit wissenschaftlichem Aussehen und längst vergangener Anzugmode am Körper. Auffallend seine dreieckige Spitznase.

Der Anatom.

Dann wurde Lars Geldinger klar, dass er als Objekt einer anstehenden Leichenöffnung vor dem Pathologen lag. Unfähig zu einer Reaktion, denn er könnte weder schreien noch sich bewegen. Er wollte mit den Augen rollen. Auch das ging nicht. Tot und halb geschlossen starrten diese erkaltet ins Leere.

Aber wahrnehmen konnte er alles.

Der Gelehrte mit der Hand am Kinn schien innezuhalten. Ganz so, als wolle er das Entschwinden der Seele beobachten.

Meine Seele! So geht das nicht!, wollte Lars sagen, kreischen, brüllend fordern.

Denn er spürte, dass diese Seele keine gute Zukunft hatte.

Doch jede Art von Bewegung und Aktion blieb unmöglich. Er hatte keinerlei Willensmacht über seine vergängliche Hülle. Nur wahrzunehmen, zu denken, zu folgern, das gelang ohne Mühe. Sogar sich zu wundern, wie das alles möglich war: Tot zu sein, und dann so klarer Gedanken fähig?

Der Anatom griff mit Ruhe und stoischer Gelassenheit ein Skalpell und entfernte das weiße Leichentuch von des toten Mannes Brust.

„Nein! Nicht! Stopp!"

Lars konnte den verzweifelten Schrei denken. Mehr aber nicht.

Der Anatom öffnete dessen Brustkorb, es tat nicht weh. Die Seele des zu Lebzeiten von Materie, Livestyle, Tricks und Spekulation Besessenen war kein schöner Anblick.

Ein ungewöhnlich dicker Nachtfalter bewegte sich in Höhe des Halses und begann dann, diesen zu erklimmen.

In einem Logenraum am Ostufer des Sees freuten sich die Brüder der 99er-Loge, die aus verschiedenen Gründen derzeit um ihre irdische Macht fürchteten, über einen zu erwartenden Neuzugang.

53

Frischmuth, immer noch steif vor Schreck, starrte auf das Gemälde *Der Anatom* des Malers und Okkultisten Gabriel von Max. Das tot-untote Mädchen darauf fehlte. Und weil der entsetzte Betrachter zu lange das zusammengelegte weiße Leichentuch auf der Leinwand fixierte, wandelte das Bild sich zu einem anderen berühmten Max-Gemälde, das den biblischen Titel trägt:

Christus heilt des Jairi Töchterchen.

Der Maler Max hatte damit eine neutestamentliche Variation des Anatomthemas geschaffen. Tod und Macht. Jesus als Arzt, dunkel bemantelt, links im Bild sitzend, mit denselben beobachtenden Gesichtszügen wie der Anatom. Christus als Arzt betrachtet voller Liebe, aber mit der Dominanz des Heilers und Wundertäters das liegende, noch leblose Mädchen. Man erkennt, dass der Gottessohn, wissend um seine heilige Kraft, die reine Seele in den Körper der ihm Ausgelieferten zurückbeordert.

„Vom Tod zum Leben."

Frischmuths Gedanken gewannen nun neue Klarheit. Drei Tage Schlaf, Lazarus, Christus, Tempelschlaf der Eingeweihten. Die Gedanken rasten. Dann fiel ihm das Märchen ein vom

Schneewittchen. Drei Tage Schlaf, der vorübergehende Tod im Leben aller Eingeweihten. Es war ihm nach einem zynischen Lachen zumute, doch er konnte keinen Gesichtsmuskel bewegen.

Unmöglich!, dachte Frischmuth dann.

„Wie kann das Bild sich hier vor mir wandeln? Warum sind Jesus und auch die Seite, auf der er sitzt, vollkommen dunkel? Warum fehlt ausgerechnet hier beim Gottessohn, dem wahren Lichtwesen im Gegensatz zu Luzifer, dem Lichtträger, jedes Licht? Warum liegt, besser, schwebt das Mädchen samt den vielen weißen Leintüchern? Schwebt es in hellem beruhigenden Weiß?“

Er putzte die Brille. Doch die war sauber. Er hatte sich nicht verschaut.

„Tod ist Leben.“

So kam es ihm erneut in den Sinn. Dann drehte sich alles vor ihm, später wurde dem Betrachter schwindelig, er sah jetzt wieder das Bild des Anatomen, diesmal lag aber an Stelle des Mädchens ein modern anmutender Geschäftsmann. Mit dem typischen Schnitt forensischer Pathologie war dessen Brust geöffnet und mit groben Kreuzstichen wieder vernäht. Der Nachtfalter saß mitten auf dessen Gesicht.

Dann nahm der gemalte Anatom, der wieder die Stelle des heilenden Arztes innehatte, die

Hand vom Kinn und wandte sich, aus dem Bild heraus, an Anatol Frischmuth.

„Du kommst zu spät!"

„Wie bitte?", sagte der Sammlungsleiter tonlos.

„Ein markanter Satz aus Deiner Doktorarbeit gefällt mir, besser, gefällt uns besonders."

Der Geist betonte ‚uns'.

„Welcher?"

„Motive des Symbolismus und ihre Wirkung auf andere Kunstgattungen".

„Das ist doch der Titel meiner Arbeit."

„Ja", so der Anatom des Gemäldes, der wieder die Hand zum Kinn nahm.

„Symbole wirken, auch dann, wenn andere um die Kraft der Symbole nicht wissen."

So surreal und irrwitzig die Szene sich gestaltete, Frischmuth war neugierig.

„Und?"

Wenigstens konnte er nun die Finger bewegen.

„Du weißt viel", sagte der Anatom aber du weißt noch lange nicht alles."

Frischmuth wunderte sich über das Du des Geistwesens. Das dozierte gelassen weiter:

„Von diesem Bild geht eine Wirkung aus auf die deutsche Geschichte, auf die Vergangenheit und ebenso auf die Gegenwart. Auf die Zukunft sowieso."

„Sind deshalb die Logenbrüder so sehr in Panik?"

Er wunderte sich selber, dass er die Frage zu stellen sich traute.

„Ja, genau deswegen!"

Über das strenge Gesicht vom Anatom huschte der Hauch eines wissenden Lächelns.

„Ja", wiederholte er, „allerdings sind sie das, in Panik. In heller herrlicher Panik."

54

Und damit hatte der gemalte Anatom, eine irrende aber wissende Seele des Malers Max, der im Totenreich wie im realen Leben Fuß fassen konnte, sehr recht.

Die Logenbrüder. Die 99er-Loge. Der Vatikan. Die gesamte Angstindustrie der sogenannten zivilisierten Welt, die Kinder der sogenannten Aufklärung, die seit zweihundert Jahren Millionen hintergangener Alltagsmenschen eine verlogene Diktatur der Humanität einreden konnten. Und das mit großem Erfolg. Aber nur bis jetzt, dieser Erfolg schien zu Ende zu gehen.

Satanaels dämonisierte Machtelite, hilflos stand sie nun da und wusste nicht weiter. Hilflos ausgeliefert, einem Insekt der Nacht. Umsonst alles, der folgenschwere Seelenverkauf, auch die herrliche Aktualität mit dem Angstvirus!

Der Falter:

Zunächst Raupe, dann Puppe, er stirbt mehrfach den Bewusstseinstod, um dann von Neuem zu werden. Und dieser Falter greift jetzt ein in die Wirklichkeit.

Frischmuth der Kunstkenner starrte mit einem Tunnelblick voller Hass auf das gemalte und doch so lebendige Insekt, das auf der Leinwand wanderte und das damit die gelebte Realität beeinflusste.

„Verdammter Falter!", schrie er. Keiner hörte ihn hier unten in den Katakomben der Staatssammlung, und den Falter störte das wenig.

Frischmuth nahm ein scharfes Skalpell, wütend entschlossen, den Falter aus dem Bild herauszuschneiden. Die Folgen bei einer Entdeckung des Frevels nach Jahren? Gar ein Loch in der Leinwand? Darüber ließ sich später nachdenken. Jetzt hieß es handeln.

Der Falter saß mitten im Gesicht des Toten. Nun konnte keiner mehr sagen, war die Leiche männlich oder weiblich. Sie war verloren. Weg. Die gemalte Leiche war nicht mehr da.

55

Der Diktator mit dem Vierecksbärtchen rang am Telefon nach seinem dämonischen Leibarzt. Nicht endende Albträume ließen endlose Bombergeschwader von metallenen Nachtfaltern über der Reichskanzlei kreisen.

Die beiden Päpste im Vatikan erlebten immer wieder sämtliche Plagen Ägyptens am eigenen Leibe mit. Blutrote Wasser, Klimakatastrophen, Heuschrecken mit der Größe von Hubschraubern. Kindermorde, die den Herodes-Horror von Bethlehem übertrafen. Tötungen schon vor der Geburt.

Doch diesmal saßen sie nicht als Machthaber im Vatikan, sondern als Doppelspitze auf dem Thron des Pharao, Jahrtausende vor ihrer Zeit. Mussten sich um Pyramiden und gewaltige Tempelanlagen sorgen, mussten um die Ernährung eines oft vom Hunger geplagten Volkes bangen, sieben fette und sieben magere Jahre managen. Vor allem durften sie den aufmüpfigen und cholerischen Moses niemals aus dem Auge verlieren.

Moses, ein schwieriges Kind. Hochintelligent, jedoch in jeder Weise unberechenbar. Er schob das auf seine verquere Mutterbeziehung. Moses, Eingeweihter, der das Wissen der Israeliten und gleichzeitig der Pharaonen besaß, in deren Palast-zuhause liebevoll als Findelkind erzogen, aber mit einem seltsam lockenden und gleichzeitig abstoßenden Charisma beim Volke agierend. Begeistern konnte der, mitreißen, aufwiegeln. Ein geborener Führer, Verführer, Herrscher, Blender und Frontmann. Doch seine Hin- und Her-Entscheidungen nervten gewaltig. Sogar sein ihm höriges Volk murrte gar oft.

Und dann die Plagen! Statt Heuschrecken Nachtfalter.

Der agierende Papst schrak im Bett hoch, froh, dass der Albtraum ein Ende hatte.

Über seine Wange krabbelte ein dickes haariges Flügelwesen. Er schlug es wütend weg, es prallte und die Wand und löste sich in Nichts auf.

Der andere schlief ruhig weiter, wohl hatte er denselben bizarren Traum, Plagen, Falterheuschrecken, aber er wusste die Dinge einzuordnen.

Denn er war aus Bayern. Marktl am Inn. Unweit von Braunau. Totenkopffalter, der Tod selber, obskure Viren, dieser Gottesmann stand im wahrsten Sinne des Wortes darüber. Sein Geist war so scharf wie ein geschliffenes Skalpell, er gebrauchte den Verstand rüder denn ein Fallbeil, sodass sogar Dämonen ihn lieber mieden.

Irgendwann vor Jahren hatte der Teufel selbst gemeint, mit dem Bayern diskutieren zu müssen. Ohne Erfolg. Müde zog er von dannen.

Die Mitglieder der 99er-Loge erlebten die Hölle auf Erden. Und nicht nur im Traum. Es war die wirkliche Hölle, die zeitungebunden auch in die Gegenwart reicht. Seele verkauft, und dennoch Macht verloren. Damit alles verspielt. Das alles, weil ein Verrückter, ein wahnsinniger Maler aus Bayern einen Schläfer mit der lebendigen Macht des Dingsymbols in einem Bild verankert hatte. Eine geistige Zeitbombe, die nun hochgegangen war.

Der Nachtfalter saß immer noch auf dem Gesicht des toten Wesens. Frischmuth dachte nicht zu lange nach über die Transformation von einem gemalten toten Mädchen: magische Wandlung hin zu dem Bild, dem Imago der kollektiven Raffgier. Und das in Gestalt eines Immobilienspekulanten.

Der Falter bewegte sich wieder. Frischmuth nahm das Skalpell und setzte an zum Schnitt.

Aber dann!

„So geht das nicht", sagte der Nachtfalter scharf.

Das Tier hatte sich nun Frischmuth direkt zugewandt, sodass der Schockierte die reale Bewegung des gemalten Insekts feststellen konnte.

Die Facettenaugen des behaarten Falters bohrten sich schmerzhaft hinein in den Mann vor dem Bild. Der Blick war von einer sengenden Bosheit, ein Todesblick aus einer unbekannten Welt, dem Reich der Dämonen.

Der Angesprochene blieb starr, als sei er gefroren.

Der Nachtfalter wuchs, nahm zu an Gestalt, das Haarige blieb ihm, auch die Facettenaugen, denen nichts, aber auch gar nichts entkam. Fühler wurden zu Bockshörnern. Der böse Blick trotz der Facetten gerann zur mörderischen Strahlenwaffe, abgrundtief böse, von ungewöhnlicher Helligkeit, bohrend und brennend und vernichtend.

Satanael selber stand jetzt vor dem Kunstgeschichtler.

Tief unten im Magazin der Neuen Pinakothek geschah all dies.

„So geht das nicht!", wiederholte der zum Höllenfürsten mutierte Falter mit teuflischer Wut und brennendem Hass.

Frischmuth wollte etwas sagen, konnte aber nicht. Er starrte nur gebannt auf das Albtraumwesen mit den scheelen Mehrfachgelbaugen. Dessen Energie gewann etwas Negativ-Saugendes, Bannendes, Lebensvernichtendes. Die Stimme bebte:

„Ha! Du bist ein besonders Gescheiter. Jahrzehnte lang haben wir mühevoll Bünde geschmiedet, Seelen fixiert, die 99er-Loge kontrolliert, Weltgeschichte mit Macht und Eitelkeit und Ruhmsucht versaut, Deutschland für Jahrhunderte erpressbar gemacht, kollektive Schuldgefühle wie Gift gestreut, alles lief und läuft wie geölt. Und dann kommst du!"

Er würgte gelben brennenden Schleim nach oben.

„Dann kommst du daher als einer von uns, und du hast, oh!"

Erneut musste der Teufel sich übergeben.

„Pfui!"

Er kam bebend zum Punkt seines Widerwillens und Hasses:

„Du trägst einen Funken Liebe in dir."

Bei dem Wort Liebe verschluckte sich der Dämon und würgte. Er übergab sich erneut, grüngelber Schleim klatschte auf den Boden samt Kröten, Schlangen und Kriechgetier.

Frischmuth konnte wieder sprechen.

„Ja? Und?"

„Liebe macht alles kaputt!", brüllte der Höllengesandte außer sich, schmolz in sich zusammen und war nun wieder ein fetter behaarter Nachtfalter.

Frischmuth putzte die Brille. Da sah er das bekannte Gemälde *Der Anatom* des Symbolisten Gabriel von Max. Alles war wieder wie gewohnt zu sehen auf der breiten Leinwand: der Anatom als beobachtender Arzt, das liegende Mädchen, der Falter rechts am Fußende der Toten.

Dr. Frischmuth war erlöst, die Beobachtung eines liebenden Mädchens am Starnberger See, damals in einer Vollmondnacht, ein tief drinnen in seinem Herzen entzündeter eigener Funken Liebe. Liebe! Die Liebe hatte Frischmuth, den Anatom, den Maler Max, alle zusammen erlöst.

Man fand Frischmuth am nächsten Tag am Boden des Archivs liegend. Leblos, aber mit friedvollem Gesicht.

„Er ist in seinem Beruf vollkommen aufgegangen, er hätte sich mehr Ruhe gönnen sollen ", so die gerührten Mitarbeiter.

Der beschauende Arzt schrieb seinen Tod einem Virus zu.

So wie immer.

57

Der Mann mit dem Bärtchen räkelte sich im Liegestuhl. Vor ihm das smaragdgrüne Meer, ein ergebener Butler mit weißen Handschuhen bringt ein alkoholfreies Getränk. Die Blondine probt am Stand den Handstandüberschlag, dann dreht sie ein Rad, körperlich ist sie fit wie eh und je. Sie zieht den Mund zur gespielten Schnute, schmollt mit kindlichem Getue auffordernd ihrem Liebsten zu.

Der Diktator blättert in Dossiers, mit dem Vermerk „Streng geheim", die den Vorfall „Nachtfallter / 99er-Loge / Lebendiges Max-Bild" schildern und dies alles mit erstaunlich historischer Klugheit und Weitsicht einordnen.

„Auf meinen Geheimdienst ist immer noch Verlass."

Die Blondine blickt liebevoll zu ihm auf.

„Sonnenöl?"

„Wörklich nett von dir!"

„Schade, dass man hier keine Berchtesgadener Dirndl tragen kann", meint sie mit Schmollmund.

Er überhört das, hat ganz andere, weitreichende Gedanken.

Der Rückzug von Raum und Zeit, zu dem die beiden fähig sind, ist keinem Gegenwartsmenschen begreifbar. Vorübergehende Strandbesucher sehen nur ein gewöhnliches Liebespaar.

„Hauptsache, wir haben weiterhin alles im Griff! ", meint der Mann mit kehliger Stimme dann.

Die Blondine streichelt sein Haar, sie liebt ihn und das mit allen ihren Sinnen. Aber sie liebt nicht den Menschen allein:

Sie liebt die okkulte Macht, die jenseits von Erdenzeit agiert. Der Mann hier, er hat die Macht, quer durch Raum und Zeit und Mode. Er dirigiert die Geschichte des Landes so wie immer.

Sie legt ihm eine Zeitung aus der Heimat vor. Die höchst erfreulichen Ergebnisse einer Landtagswahl. Das Wort Rechtsruck dominiert die Berichterstattung.

Er dirigiert weiter. Und keiner merkt es.

Ist er doch längst tot. Offiziell jedenfalls.

Die Loge besteht weiter. Jährlich wird einer der Mitglieder geopfert, die Welt nimmt derweil beängstigend zu an Brutalität. Doch die Seele von einem ist gerettet. Oder gar die Seele von dreien?

Liebe ist so herrlich unteuflisch.

Liebe löst sogar den Teufelsbund.

Das gelingt aber nicht immer. Auch die Dämonen lernen dazu. Da ihnen oft langweilig wird, gehen sie gerne in moderne Managerschulungen. Man trifft sie dort oft, wenn man den Blick dafür hat.

Da es offensichtlich Wissende um all die Hintergründe und Abgründe gibt, fehlt das wichtige Bild *Der Anatom* in der aktuellen Sonderausstellung, die ab dem Jahre 2009 im Ostflügel der Alten Pinakothek zu sehen bleibt.

Insider wollen wissen, dass das wichtige Werk des Maler-Okkultisten Gabriel von Max sogar aus den Kellermagazinen verschwunden sei. Warum?

Unbequeme Fragen, die auftauchen könnten, werden mit einem Worthülsengenuschel aus Platzfragen, Führungswechsel und ungeklärte Restitutionsansprüche vage beantwortet.

59

Der bayerische Papst sah mit großem inneren Frieden auf sein irdisches Lebenswerk zurück. Das Treiben der Loge konnte bei ihm nie verfangen, die Liebe zu Jesus Christus, dem er sogar ein dreibändiges Grundlagenwerk gewidmet hatte, machte ihn unangreifbar.

Er hörte die ihn umgebenden Ärzte etwas sagen, in den leisen und gesetzten Worten der Mediziner klang tiefe Sorge und Endgültigkeit. Er hätte die gefassten Worte gar nicht zu hören brauchen, die davon handelten, es sei nun sein irdisches Ende da.

Längst wusste er Bescheid.

Und er lag friedlich vor ihnen, frei von Sorge, eher freudige Erwartung auf das Kommende erfüllte ihn. Neugierde und Vorfreude, dass er nun die Welten wechseln würde. Er freute sich redlich auf intelligentere Himmelswesen, die endlich seiner geistigen Kompetenz würden standhalten können!

Die materielle Welt machte sich zum Jahreswechsel der Schicksalsjahre 2022/2023 bereit. Der zierliche Papst, ein Denker in den Dimensionen der Jahrhunderte, doch immer mit urbayerischen Wurzeln verhaftet, spürte den so großen Wechsel, der jedem Menschenkind irgendwann bevorsteht, er spürte ihn lange, bevor es so weit war. Er genoss den unbeschreiblichen Frieden, der sich wie eine sanfte Welle der Liebe über ihn ergoss. Dann nahm ihm der Schöpfer mit liebevoller Zärtlichkeit alle Bürden des irdischen Seins von den zierlichen Schultern. Der große Schlaf senkte sich über ihn.

Als der Startheologe im Drüben ankam, da war alles so, wie er es erwartet hatte, nur noch viel schöner.

Überall Geist, das kannte er ja schon. Die großen Denker der Weltgeschichte kamen auf ihn zu, um dies und jenes zu fragen und sich mit ihm auszutauschen. Kepler, Einstein, Newton, herrlich. Endlich seine Augenhöhe bei der Unterhaltung.

Als reines Geistwesen, wie er dies immer schon darstellte, auch zu Lebzeiten, staunte er dennoch. So viel Unterschied war da eigentlich nicht zum abgelegten Erdendasein. Nur die körperlichen Beschwerden blieben aus.

Eins überraschte ihn schon: Gott besaß überraschend viel gesunden Humor. Man könnte fast sagen, schrägen Humor. Das half dem Schöpfer, seine Geschöpfe dort unten zu verstehen.

Aber auch dies hatte der bayerische Papst nicht anders erwartet.

60

Dr. Ziegenbarth lag und liegt nun schon seit Jahren in der feuchtdunklen Bodennische der Ruine. Faulige und modernde Holzbohlen bedecken die Gruft des Untoten.

Das alles in der ruinösen Gabriel-von-Max-Villa, die in ihrem heruntergekommenen und provozierend ungepflegten Zustand das edle Ensemble der Vorzeigeresidenzen am Ostufer des königlichen Sees empfindlich stört.

Ziegenbarth, der ehemalige Chefarzt mit anatomischer Ausbildung und großem Wissen über Zwischenwelten, er ist weder tot noch lebendig.

Er existiert als Energievampir. Seine dunkle und saugende Energie wirkt von hier aus weiter, er denkt und er schläft und grübelt. Und er ist für die Loge im Geiste ein wertvoller und oftmals frequentierter Ideengeber. Die Loge im Geiste hat mehr Macht und Einfluss als alle vergleichbaren okkulten Gruppierungen, ist sie doch nirgends fassbar, nie verortbar. Damit bleibt sie unmöglich abhörbar. Von der Falle der elektronischen sozialen Medien, damit von jeder Technik, ist die Geist-Loge restlos unabhängig.

Man tauscht sich aus durch Gedankenkraft.

Das Denken ist Ziegenbarth geblieben. Als Untoter muss er weniger leiden, als man annehmen möchte, ebenso wie sein gedachter und dennoch lebendiger Kumpel Graf Dracula, ein geistiges Kind des Hochgradfreimaurers Bram Stoker. Wie dieser in nächtlichem Karpatenschloss, darf Ziegenbarth in kühlen Nächten am stillen Ufer des Sees umgehen und Energien saugen: von Menschen, die unvorsichtig genug sind und sich mit den gezielt und bösartig verbreiteten Angstviren der Medien verletzbar machen. Häuser, Wände, Zäune sind kein Hindernis für geistigen und seelischen Raubzug.

Die 99er-Loge FOGC, dies bedeutet Freimaurerischer Orden der Goldenen Centurie, existiert weiter, geistig ebenso wie real und auch materiell. Man trifft sich inzwischen in München, die sehr teure Altstadtadresse bleibt allen Uneingeweihten strengstens verborgen.

Treffen der Dämonenloge werden offen in den Nachrichten der Mainstreammedien angesagt, und niemand merkt dies, da kein Uneingeweihter die Zeichen und Symbole und verschlüsselten Hinweise lesen kann. Mitglieder des schwarzmagischen Bundes bekleiden allerhöchste Ränge in Politik, Wirtschaft, Wissenschaft, Militär. Vor allem im Kirchengeschehen und im Geistesleben.

Sie agieren so offen, dass keiner sie als das erkennt, was sie sind. Das genial Verborgene ist immer dort, wo jeder hinschaut. Man hält sich bedeckt, lässt die sichtbare Elite in den Medien agieren und deren Eitelkeit ausleben.

Denn solch weltliche Eitelkeit ist *der wahren Elite* mehr als recht. Noch verborgener als die FOGC-Loge, und eben nur im Geiste agierend, versucht man die Welt in den Abgrund eines schwarzen Loches zu manövrieren. Auflösen der Polarität, Auflösen der Leben und Liebe schenkenden und Lebenskraft gebenden Geschlechterspannung. Auch strategisch geplantes Zersetzen und Pervertieren der Moral gehört zu den Langzeitstrategien. Die wahre Macht des Negativen – Angst, Seuchen, Viren aller Arten und aktuell sogar der Great Reset, Angst als wahrer Glaube.

Wie lächerlich sind all die verbreiteten Verschwörungstheorien für wirklich Wissende. Es ist keine Über-Loge, die das Chaos gebiert, es ist ein Mix aus Wirtschaft, alten Familien, Pharmariesen und vor allem geistig im Bösen sich Begegnenden. Geist? Geist und Geister. Beide regieren. Im Guten wie im Bösen. Aber!

Eben auch im Guten:

Mit der Liebe rechnen die Macht-Irren nie.

Das geheimste Wissen aller Geheimwissen liegt so offen, dass es nur wenige sehen können. Die Liebe siegt, das Leben mit seiner ewigen herrlichen Sehnsucht nach sich selber gewinnt, es kann gar nicht anders als gewinnen:

Denn die Liebe und das Leben sind göttlich.

61

So hatten alle ihren Frieden, egal ob es himmlischer Friede war, höllischer Friede oder der feucht modrige Halbfriede eines Untoten. Doch da sich alles in einer anderen Zeit abspielte und abspielt und abspielen wird, in einer Raumzeit der Zeitlosigkeit, die weit in das hineinwirkt, was wir Zukunft nennen, gings munter weiter:

Ziegenbarth hatte sich schnell mit seiner gruftigen Rolle als Untoter zurechtgefunden. Er erinnerte sich: Zur Zeit seines weltlichen Wandels war er in geradezu manischer Weise seiner persönlichen Karriere, der Macht und der Machtausübung zugetan gewesen. Nun aber konnte er die Dinge langsamer und etwas gesonnener angehen. Weltliche Macht, Chefarztgehabe, prahlerische Dominanz über andere, Großmeistergetue, Führungsrolle in der 99er-Loge – alles dahin.

Und mit der Macht der neuen Gesellschaft, die ihn wohl für eine Ewigkeit umfing, nämlich der ihn in klammkalter und abgeschiedener Dunkelwelt umgebenden Dämonen, da nahm er es lieber nicht auf. Die Satansgeisthelfer waren stärker als er. Das war ihm klar. Und die umtriebigen Dunkeldämonen hatten eine Erfahrung des negativen Denkens von vielen Jahrtausenden.

Er war zufrieden, vielleicht sogar glücklich mit seiner neuen und untoten Gruftrolle.

Ein leichtes Lächeln umspielte das blasse Gesicht des untoten Schläfers. Denn diese Zufriedenheit wunderte ihn, zu Lebzeiten hatte er so etwas nicht gekannt. Tatsächlich fand sich in den Reihen der übrigen Unterwelt- und Höllenwesen wenig, wenn nicht gar keine Zufriedenheit. Meist herrschte bei den Dämonen und Unterteufeln geflissentliche Hektik vor. So wie auf Erden auch, in den großen Firmen, den Konzernen und Banken der Welt oben, wenn überlastete Chefs oder Mitarbeiter klagend ausrufen:

„Das ist die Hölle hier." Oder: „Verdammt! Zum Teufel mit dem Chef!"

Um dann nach diesem eitlen Jammern und Seufzen umso fanatischer und besessener weiterzumachen an vergänglich-weltlichem Ruhm, an Glanz und Reichtum. Raffgier und Sucht eben, die sichersten Führungsinstrumente des Widersachers.

„Seltsam, dass keiner das merkt, wie vergänglich das Irdische ist und bleibt", dachte sich Dr. Ziegenbarth, reckte sich gemütlich in seiner modrigen Nische in der Geistervilla am See und deckte sich dann zufrieden mit faulenden Bohlen zu. Immerhin mehr Platz als in einem Sarg, immerhin. Und er schlief selig, bis jemand ihn weckte und seinen Rat suchte.

Wenn die Wesen der Dunkelheit Fragen hatten über Psyche und Gesundheit, über Krankheit und Ängste der Erdenwesen, deren Seelen sie habhaft werden wollten, Dr. Ziegenbarth wusste immer guten Rat. Wenn er wollte! Die lange Erfahrung als Arzt macht sich bemerkbar. Hilfsbereitschaft, ein Wert, der besteht. Ziegenbarth staunte. Und sein Rat und Wissen wurde mehr und mehr geschätzt.

Eines Tages standen smart gekleidete Vertreter der großen Pharmariesen vor der verfallenen Max-Villa und suchten ihn. Sie suchten verzweifelt, denn die Gier, mit fingierten Pandemien und Virenkrankheiten unendlich reich zu werden, trieb sie vor sich her.

Die schwarzen Herren betraten ohne Genehmigung das Grundstück, suchten in der verwunschenen Ruine, fluchten bitterlich. Über mentale Kanäle der Loge im Geiste hatten sie erfahren, dass hier ein Wissender des linken Pfades ruhen musste.

Sie wollten um alles in der Welt seinen Rat, um noch mehr wie bisher die Menschheit mit Ängsten vor erfundenen Seuchen und Pandemien zu manipulieren. Und sie fanden ihn nicht.

Ziegenbarth schlief friedlich und unauffindbar in der Gruft, auf der die Besessenen nichtsahnend herumtrampelten. Er schläft immer noch dort.

Wenn du hinkommst, spürst du seine Gegenwart. Sei leise und wecke ihn nicht auf. Dennoch. Das Leben als Untoter ist sehr attraktiv.

Verschrien sind die Untoten, vor allem seit Bram Stoker mit seiner genialen und ebenso elegant-bösen Bad-Boy-Version des Grafen Dracula untotes Zwischenleben zur Schreckensvision erhoben hat.

Das liegt aber vor allem darin begründet, dass Dracula finstere Ziele verfolgt und über ein elendes Leben als zwanghafter Energieräuber und manischer Blutsauger, eben als Energievampir, nicht hinauskommt. Dracula weiß zu wenig, hat zu lange auf der einsamen Burg zugebracht. Irgendwie ist er dumm.

Professor Dr. Frischmuth sah die Dinge anders. Sein großes Wissen als Arzt, Chefarzt, Großmeister der FOGC-Loge hatte er mitgenommen, hinüber in die Gruftwelt. Er konnte nun mit dahingegangenen Ärzten, Anatomen wie Virchow, Nobelpreisträgern wie Sir Alexander Fleming, Robert Koch und medizinischen Bahnbrechern der Vergangenheit in lebendigen Kontakt treten.

Nur Paracelsus mit seiner ewigen Besserwisserei ging ihm gehörig auf die untoten Nerven. Und immer wieder staunte er: Männer und Frauen des Geistes lebten und leben dort drüben, sei es oben oder unten, munter weiter. Nicht umsonst spricht man vom Geistes-Leben.

Weil nur der Geist überlebt, sonst nichts. Wer aber Geist hat und lebenslang den Geist gepflegt, der lebt wirklich, der existiert und ist, körperlich mag er so tot sein, wie er will. Doch! Leider auch die Bösen leben im Geiste weiter.

Frischmuth begegneten im geistigen Drüben auch dem Tyrannen mit dem Oberlippenbärtchen, mit den in die Stirn schräg fallenden Haaren und dem martialisch rollenden R. Das läppische gurrend-völkische Getue des getriebenen Ungeistes mit dem ungebrochenen Weltherrschaftswahn nervte ihn. Der untote Tyrann freute sich wie ein kleines Kind über seine aktuelle Renaissance auf Erden: ein Wiedererwachen seines kranken Denkens in der Gegenwart der 2020er-Jahre auf Erden! Wie war das möglich? Durch ständig sich wiederholende Dokumentarfilme in Schwarz-Weiß. Das nervte Ziegenbarth, er suchte bald das Weite im Jenseits. Das gurrende Kichern seiner blonden Geliebten oder Kurzzeitehefrau war noch schlimmer.

NACH-SPIEL:

DER FREMDE WIRD ZU NEBEL

„Mit der Liebe rechnen die Macht-Irren nie."

Über das kluge alte Gesicht des Fremden vom See huschte nun doch ein Lächeln.

„Er sah mich unverwandt an. Und! Er blickte dabei geradeaus durch mich durch, so als gäbe es meinen materiellen Körper nicht. Als könne er etwas erkennen, das sich direkt hinter meinem Kopf befinden musste. Und er fixierte dies Etwas hinter mir mit erschrockener und angespannter Aufmerksamkeit.

„Bitte bringen sie diesen Satz irgendwo unter."

„Hm?"

„Das mit der Liebe."

Er hatte seine lange Geschichte beendet und geduldig meine Fragen beantwortet. Das alles geschah in seiner alten Villa, zwischen herrlichen unbezahlbaren Symbolismusgemälden und schweren Gründerzeitstilmöbeln, die mit schweren kardinalroten Samtstoffen bespannt waren.

Manchmal schien es mir während seinen Erzählungen so vorgekommen, als hätten sich die allegorischen Figuren auf dem Gemälde dort an der hohen Wand bewegt. Das herrliche Ölbild von Franz von Stuck trug den Titel *Die Geburt der Gedanken.* Einer wild bewachsenen Gruft entstiegen allegorische Figuren, die das gute und böse Denken symbolisierten.

Der schwindende Sommer war einem buntkräftigen Herbst gewichen. Der Magier mit den wissenden und immerzu beobachtenden grauen Augen begleitete mich zurück zum See, bis zu der Stelle, da ich ihn vor Wochen angetroffen hatte. Hinter uns die verfallene Max-Villa, die toten und blinden Fenster schienen uns fragend und fordernd anzuglotzen. Verrufene, verschriene Geistervilla. Man konnte die Verärgerung der Nachbarn in ihren gepflegten Seeanwesen rechts und links gut verstehen. Für den ersten Eindruck blieb die Geistervilla Max ein ruinöser Schandfleck und ein mahnendes Skandalon am See, eine unansehnliche Bruchbude, die gleichzeitig tot und auf so seltsame Weise lebendig hinter der hohen Hecke harrte. Für den Sehenden aber lebte das sowohl verfallene und vermoderte als auch von Ungeistern verwunschene Bauwerk. Es war längst Heimstatt der Höllenlegion irdischer Macht und weltlichen Größenwahns.

Vor uns das unergründliche Wasser, ruhig und bleigrau. Der Würmsee mit dem einbeschriebenen Rätsel, in dem die Sage vom Drachenwurm fortlebt, solange Menschen hier leben.

Wieder hatte der Fremde den Blick forschend auf mich und durch mich durch gerichtet.

„Lesen sie die Berichte in Zeitungen und anderen Medien nun mit neuen Augen. Glauben sie nichts. Gar nichts."

„Hm."

Ich wollte etwas sagen, war dazu nicht in der Lage.

„Nichts geschieht, das nicht dem gezielten Willen der Loge unterliegt, wirklich nichts!"

Ich schluckte. Sah ihn dann fragend an. Er ergänzte:

„Es gibt so viel mehr hinter der sichtbaren Welt, als man sich vorstellen kann, besser gesagt, als sich die Masse der Menschen vorstellen kann!"

„Vorstellen", echote ich.

Er meinte tonlos und resigniert:

„Untote regieren die Welt."

„Wirklich? Untote?"

„Die Untoten der Vergangenheit leben weiter als Ungeister. Beständig suchen sie bereite Seelen, um diese zu besetzen. Machthunger! Eitelkeit! Herrschsucht und Ruhmsicht! Das sind die Einfallstore."

Ich sagte nichts und hörte nur zu.

„Aber immer wieder scheitern auch sie! Leben und Liebe heben den Bann des Bösen auf."

In der Ferne glitt eine Krähe heiser krächzend über den See. Ihr banger Schrei klang wie das Echo einer Bestätigung. Oder gar wie *„neunundneunzig"*?

„Auch ich bin eine Vorstellung in ihrem Geist, eine Gedankengeburt", meinte der Alte dann noch. Und war augenblicklich für immer im Nebel verschwunden.

Die Ruine steht da wie immer, verfällt, mahnt, fault, birgt den untoten Schläfer.

Ab und zu findet ein junger und durch diese unerfahrene Jugend begeisterter Journalist aus dem Starnberger Raum einen Hinweis auf die Herkunft und den späteren Käufer des Max-Gemäldes *Dreizehn Affen im Dreieck*.

Nicht nur das. Auch anonyme Hinweise tauchen auf. Böse Gerüchte. Weitere Nachforschungen ergeben Erschreckendes und Sensationelles. Denn die Provenienzforschung zu diesem Gemälde hat mit dem Verbleib des abgehängten Gemäldes vom Anatom und dem wahren Hintergrund der Gruselimmobilie zu tun. Das Ergebnis der konsequenten Suche nach dem verschollenen und wieder aufgetauchten Bild des Gabriel von Max käme einem Real-Krimi gleich. Über Pfade des kollektiven Vergessens, geleitet über mehrere oberbayerische Klöster, vornehmlich Benediktinerklöster, sogar den Vatikan und weitere Dunkelpfade bis nach Südamerika, dann wieder in die Schweiz. Der abgeschlossene Bericht des Journalisten wäre eine lichtbringende Offenbarung, eine Sensation.

Aber keiner druckt das. Keiner darf das öffentlich machen. Der Rest der Geschichte ist, wie immer bei Belangen der FOGC-Loge:

Schweigen.

ENDE